SBOOKER PUBLICATIONS
布克文化
讓 我 們 book 在 一 起

布克文化

讓我們book在一起

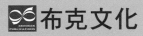

Mr. Pig

M·R·P·I·G 目錄

Chapter One 上班才知道的事

Chapter Two 老闆說了算

Chapter Three 肥豬看世界

Chapter Four 高學歷低智商

Chapter Five 豬說寓言

特別收錄

養豬少女

MR.PIG

Mr.Pig

本書主角，又胖又呆的苦命上班族！

Boss

Mr.Pig的老闆，上班族的天敵，
永遠都只想到自己利益的人！

Miss Penguin

Mr.Pig的同事，雖然資歷比較
深但是個性卻像小孩子。

Mr.Bear

Mr.Pig的同事，資歷最老，很
愛摸魚，卻是老闆的愛將。

Miss Bunny

Mr.Pig的同事，屬於不同部門，負
責接洽客戶跟企劃，個性穩重。

Mr.Koala

澳洲來的奧客，貪小便宜要多
又要快，但是付錢很不乾脆！

Mr.Cayman & Mr.Otter

Mr.Pig的老朋友，隸屬不同公司。

Chapter One
上班才知道的事

8020法則

八十二十法則在唱片行指的是80%的利潤是由20%的熱門唱片賺來的…

八十二十法則在公司裡則是…

80%的人出賣勞力，平分20%的利潤…

20%的人出一張嘴卻平分80%的利潤…

三大困境

人生有3大困境…

生離死別時…

別死啊！要死也要把專案做完再死…
我不行了，加班加到要升天了…
不幹了！

眾叛親離時…

還有衛生紙用完的時候…

公主病

什麼是公主病啊？
就是指遇到不如意的事情就要任性的人！
既然是公主指的就是女生吧？
這…
大熊，你昨天幹嘛害企鵝加班！
原來男生也有公主病…
你汙賴我，我要回家了
還沒下班耶，這個胖公主…

加班

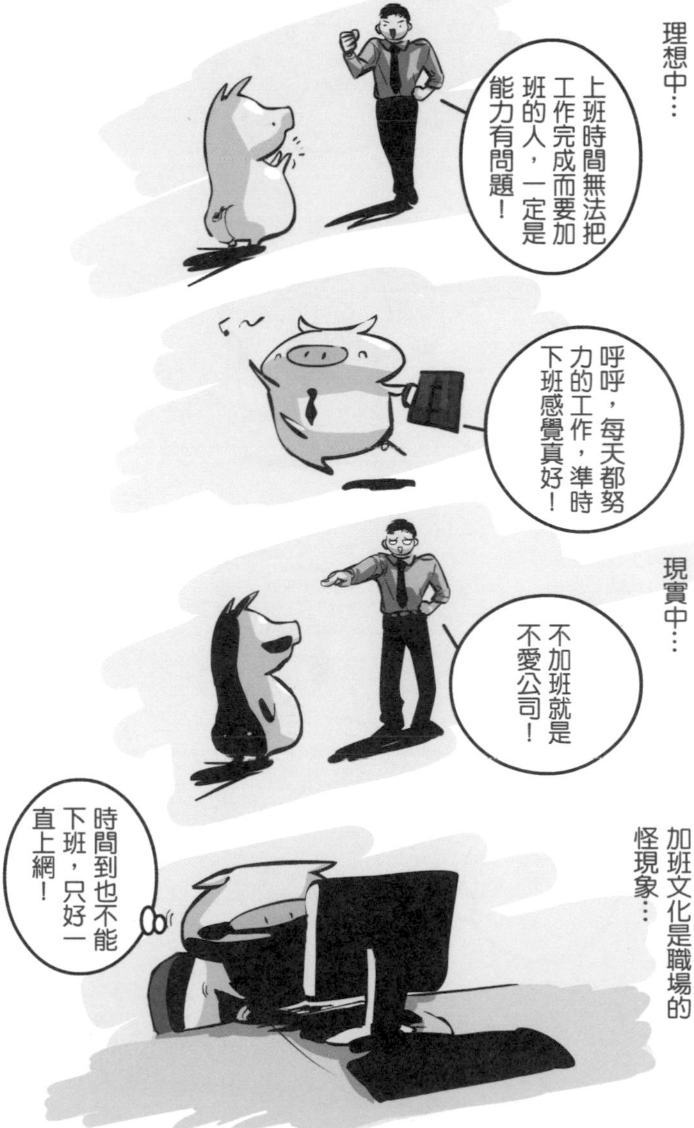
理想中……
上班時間無法把工作完成而要加班的人，一定是能力有問題！
呼呼，每天都努力的工作，準時下班感覺真好！
現實中……
不加班就是不愛公司！
加班文化是職場的怪現象……
時間到也不能下班，只好一直上網！

責任制是加班文化的藉口……都推說是責任制就不給加班費，其實法律有規定能用責任制的職業只有顧問，所以現在台灣企業所謂的責任制都是騙人的，甚至還有老闆帶頭加班，真是此風不可長。

夢想

小時候我有很多夢想…
我長大想當總統，也想當太空人！
上學之後夢想變得比較實際也比較專一…
我想當漫畫家！
長大之後卻成了從來也沒想過的上班族…
我這時才發現，原來實現夢想是個很奢侈的願望…
現在我只想準時下班…

要追逐夢想，背後其實都有很多責任，
這很像一種投資，更像一種賭博，沒有人確定自己的夢想可以實現，
但是投入的時間跟精力通常遠超乎想像，
其實很多夢不是一個人就可以撐得起來的，家人朋友也要付出很多，
所以能夠實現夢想，真的是最奢侈的願望吧。

好玩的地方

小的時候…
爸爸，你要去哪裡？
我要去公司…
禮拜天…
爸爸，你要去哪裡？
我要去公司…
哇！公司一定是個超好玩的地方，不然爸爸為什麼天天都要去…
我要趕快長大去公司玩！
長大之後，我才發現公司不太好玩…
我想放假。

禮拜天去了哪裡玩？
沒錯！就是去公司……而且從早上十點待到晚上九點……
大概下午兩點多的時候，坐在椅子上就睡著了，
沒睡多久卻做了一個夢……夢到什麼我也忘了，
但是醒來發現我還在公司，有種無奈的感覺。

搶話

這次為什麼會這樣？
我…
依照我的經驗應該是這樣…
我…
所以你的意思是…
沒錯！就是這樣！
奇怪！專案負責人明明就是我…
有時候知道問題的人反而沒有說話的機會…

我有個同事很愛在開會的時候力求表現，只要有機會發言一定不放過，
老實講勇於發言確實比較容易突顯問題，但是也該讓別人講講話……
尤其有些專案的負責人比較清楚狀況，
亂搶話反而讓會議導向一個錯誤的方向，
我非常討厭浪費時間的會議，尤其圍繞在一個錯誤的議題上打轉時，
老闆跟不知道狀況的人還講得很開心。

早下班

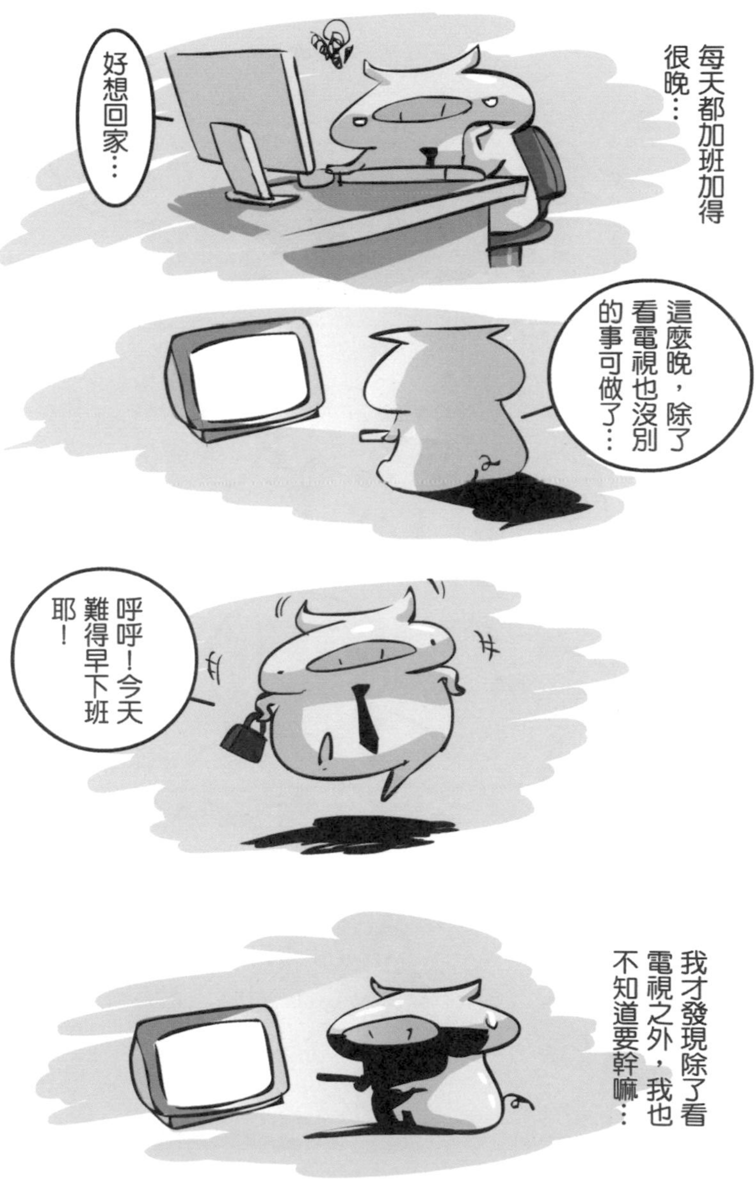
每天都加班加得很晚…
好想回家…
這麼晚，除了看電視也沒別的事可做了…
呼呼！今天難得早下班耶！
我才發現除了看電視之外，我也不知道要幹嘛…

習慣是很可怕的。當我習慣加班的生活，突如其來的悠閒反而讓人不知所措，電視大概是現代人生活中最好的朋友吧！
有朋友說：下班不看看電視就沒辦法放鬆，仔細想想我好像也是。
電視看最少的日子大概就是當兵的日子；
我只要在家，連工作的時候都開著電視。

時程延遲

每個專案在起跑的時候都規劃了流程，
可是真的能照流程跑的案子少之又少，
就像一位老同事常說的：計畫趕不上變化。
某個環節的時程有所延遲，接下來就是跟時間賽跑，
例如客戶躲起來不給資料的事件真是層出不窮，偏偏結案時間不能延。
每當發生這種事情，我的下班時間就自動順延四個小時……

這次專案的製作時間是一個月，客戶會先給兔子資料！
半個月過去了…
資料？那是什麼？可以吃嗎？
跑給窗口追的奧客
已經拖了半個月了！
我終於拿到資料了，我花了一個禮拜趕出來…
挫賽！我剩一個禮拜可以做！
這次專案的時間很充足吧！
這次專案的時間很充足吧！

澳洲來的客人

我們這行很像服務業，就是要滿足客戶的需求，不過有時讓人哭笑不得。

首先我可能做了綠色的版給他看，他說改成藍色或紅色好了，改好之後……他就說：「嗯，還是綠色好了。」

而且客戶最愛說：「換個顏色而已，又不花什麼時間。」

秉持服務人群的心態，這樣的故事每天都重複上演……

唉！又碰到澳洲來的客戶…
什麼是澳洲來的客戶啊？
不知道！
兔子！剛剛的客戶要找你！
原來所謂澳洲來的客戶就是指奧客…
這個架構再改一下好了！
都改了十次了！
難怪澳洲要開放獵殺無尾熊！

生存環境

辦公室算是冬暖夏涼的密閉空間，
炎熱的夏天，中午離開辦公室吃飯的時候真是要命，
而且大家一出辦公室就開始找有冷氣的餐廳，感覺很像離不開水的魚，
辦公室待久了，整個人好像都變得軟趴趴的，實在很不健康。

在外太空…

太空人只要離開太空船就
面臨生死存亡的關頭…
我的氧氣！

在地球上…

離開辦公室的上班族一樣
要面對生死存亡的關頭…
我要冷氣！

紓壓之道

壓力
最近壓力好大…
我都聽音樂幫助放鬆！
或是像我一樣打打電動！
我最近壓力也很大，我可以示範一下我紓壓的方法！
狂吃…
這樣會變成豬吧！

壓力源自於哪裡？其實我也說不上來。

每當靠近結案的日子，肩膀上真的有沉重的感覺，不過真正壓力的來源應該都是自己，對自己的期許往往會造成巨大的痛苦，我紓壓的方式就是吃東西跟睡覺，雖然不見得很健康，但是還滿有效的……至少肚子飽了，工作起來才有幹勁。餓著肚子加班真的會覺得命很苦。

虧本生意

最常碰到的就是業務不計成本把案子拿到手，後製的人員花了很多心力製作，結果賺得很少，又必須接更多的案子才能平衡。
遇到難搞的客戶又真的會改到吐血，偏偏不能不改，
因為每個案子都賺得很少，少一個客戶對公司的營運都影響很大，
為啥賺得很少？因為我們都接澳洲客戶的案子。
這是跳不出去的無限迴圈。

公司常常會遇到非常難搞的客戶…
不要再放屁了，快點給我資料！
老闆，客戶太刁了，根本就是虧本生意…
這樣啊…
那以後不要接好了！
老闆英明！
明知道是奧客，但是公司就是不能不接…
嗨！又見面了！
不是說都不接了…

謊言

謊言的形式有很多種…

有一種是一眼就能看穿的謊言…

我一點都不肥！

有一種是善意的謊言…

你最近變瘦了耶！
喔喔！我也這麼覺得耶！

還有一種是害大家不能準時吃飯的…

我快好了！再等我一下！
這句話我已經聽了半個小時了…

世上最大的謊言有兩個，
第一個，是老闆說：「我賣的東西是最好的。」
第二個，是我同事說：「我快好了！再等我一下！」

謠言

人多嘴雜這句話用在辦公事真的非常恰當，
大家的休閒活動就是聊八卦，
八卦來源當然都很複雜，而且往往越傳越離譜，
可能大家都很有說故事的天分，
只是一直找不到適當的地方發揮吧。

咦？企鵝今天沒來喔？
之前好像有聽說她要出去玩…
我昨天看到她在看外國網頁！
她出國了？
你不是要出國半年去義大利當旅行作家？
我昨天感冒啦，誰說我要當旅行作家的？
謠言止於智者，不過上班上久了，大家智商都降低了…

運動

越來越肥了，看來該好好運動一下！
運動…好像都是夢裡才會做的…
呼呼！我變瘦了！

上班上久了都會覺得自己很不健康，每天晚餐也很不定時，肚子慢慢地一圈又一圈增肥。
可是擬定好的運動計畫，我卻很少真的執行，
當然上班時間過長是原因，但是真正的原因還是……懶……
空閒的時間好像都拿來看電視了。

長假

要放長假囉！
呼呼！這次要放九天耶！

我已經做了詳細的規劃！這九天一定非常充實！

九天後⋯⋯

奇怪，我什麼都沒做就要上班了！

不管再長的假期，總是一下就過完了⋯⋯

雨天路線

下雨的時候我會走不一樣的路線上班。
呼呼！這條路線全都有騎樓！
這樣就可以乾爽的到公司了！我真是個天才！
人算不如天算，計畫跟不上變化…

電梯超重

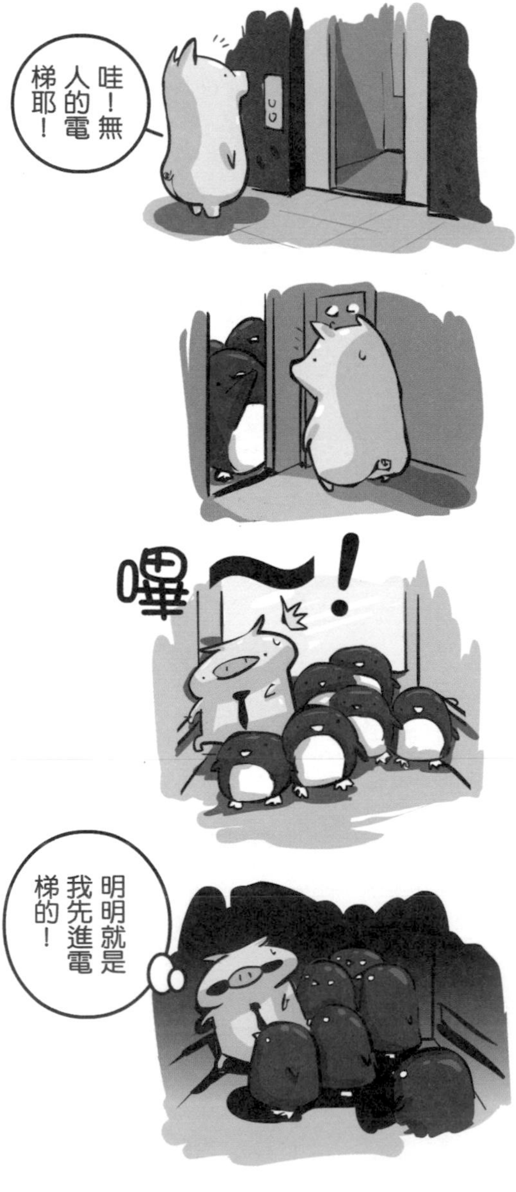
哇！無人的電梯耶！
嗶～！
明明就是我先進電梯的！

為啥電梯超重大家都會怪胖的人？

Chapter Two
老闆說了算

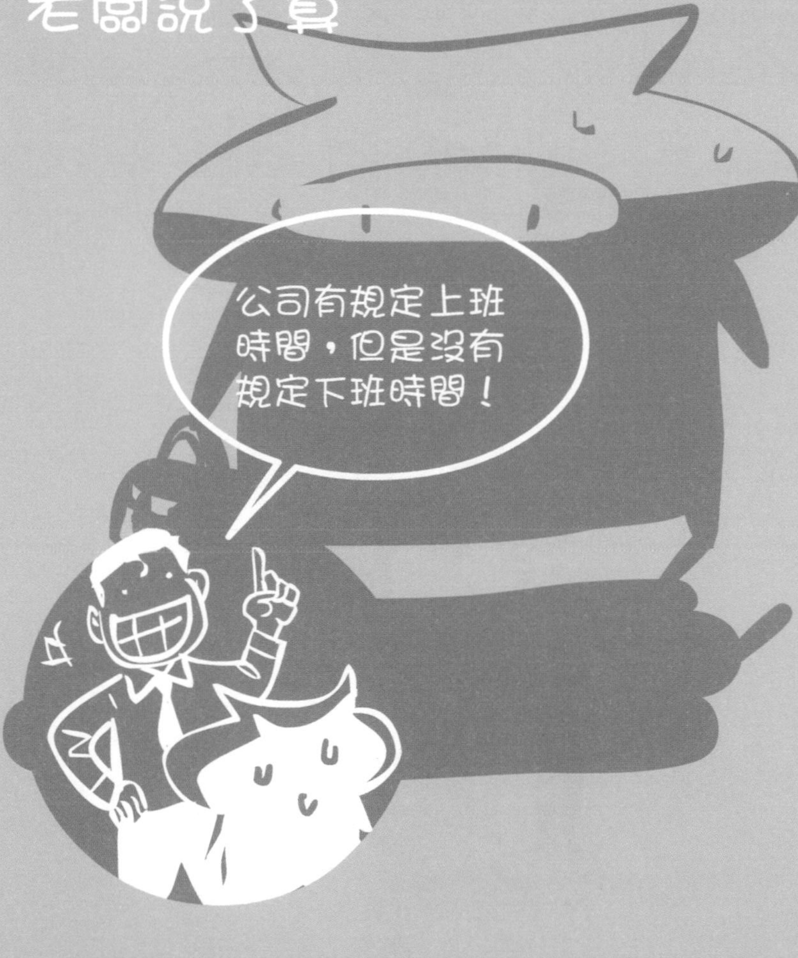
公司有規定上班時間，但是沒有規定下班時間！

不可能完成的專案

老闆，這個專案給的時間太短了，根本不可能做完！
誰說的！工作就是勇於挑戰不可能啊！
我先走了，加班不要加太晚喔！
媽的！我已經好幾天沒睡了！
你看！這不是做完了！
只要有心，沒有什麼事是辦不到的！

我說我禮拜天要來公司，老闆問說為什麼要來？難道我來唱歌跳舞嗎？

兩邊不是人

客戶說精緻度不夠，大家要提高製作的水準！
快累死了，比平常花更多時間……
呼！終於結案了，這樣他們滿意了吧！
你們有沒有考慮到成本啊！這種價錢還花這麼多時間做！
媽的！話都你在說！到底要我們怎麼做！

拗做私事

肥豬你過來一下！
你家附近是不是有家店？
對啊。
很好！現在有個很重要的工作要給你做！
原來是要叫我幫他買東西…

我工作的主管是在當兵前就認識了，
所以和新進員工相比，我們這些老部屬跟老闆比較熟。
跟老闆熟有好也有壞，好處是請假方便，壞處是會被拗做私事，
因為比較熟，所以在人情跟工作兩大壓力下，就摸摸鼻子幫忙，
似乎工作就是這麼回事，要完全公私分明實在有點難。

工時日報表

為了確實掌握進度，現在要填寫每天上班時做的事情！
做什麼都要寫嗎？
沒錯！做什麼事情都要寫得清清楚楚的！
老闆！我們檔案都寄給你了！
好！
誰叫你們把大便跟吃下午茶都寫進去的！
一天可以大個五次便是怎麼回事…

工時日報表在管理上也許是很重要的依據，不過對我來說卻非常多餘，雖然推動這個管理機制的人員說會減輕大家的工作量，但後來卻離職了。因為填報表的工作並不單純，

過多的紙上作業只是加重工作，

也許是我正好經歷公司改革的陣痛期……

但是把心思都花在寫報表上，那誰來從事生產工作呢？

業績加倍

今年公司業績標準要比去年增加一倍！
所以大家為了公司要加倍努力加班！
老闆，那薪水有加倍嗎？
有啊，但是只有我的薪水加倍！
好一隻畜牲…

業績加倍，
工時加倍，
但是唯一不變的就是薪水……

狀況外

會議中…
這樣會比較好嗎？
可是我覺得之前的也不錯！
但時間這樣有點趕耶？
恩，說的也是！
老闆你覺得呢？
喔，紅茶半糖去冰一杯！
媽的！到底有沒有在開會啊？

獎勵

大家一起努力完成這次的專案！
這次專案比預定的還早完成
為了獎勵大家的辛苦…
所以我們下個專案提早開始進行！

簡單

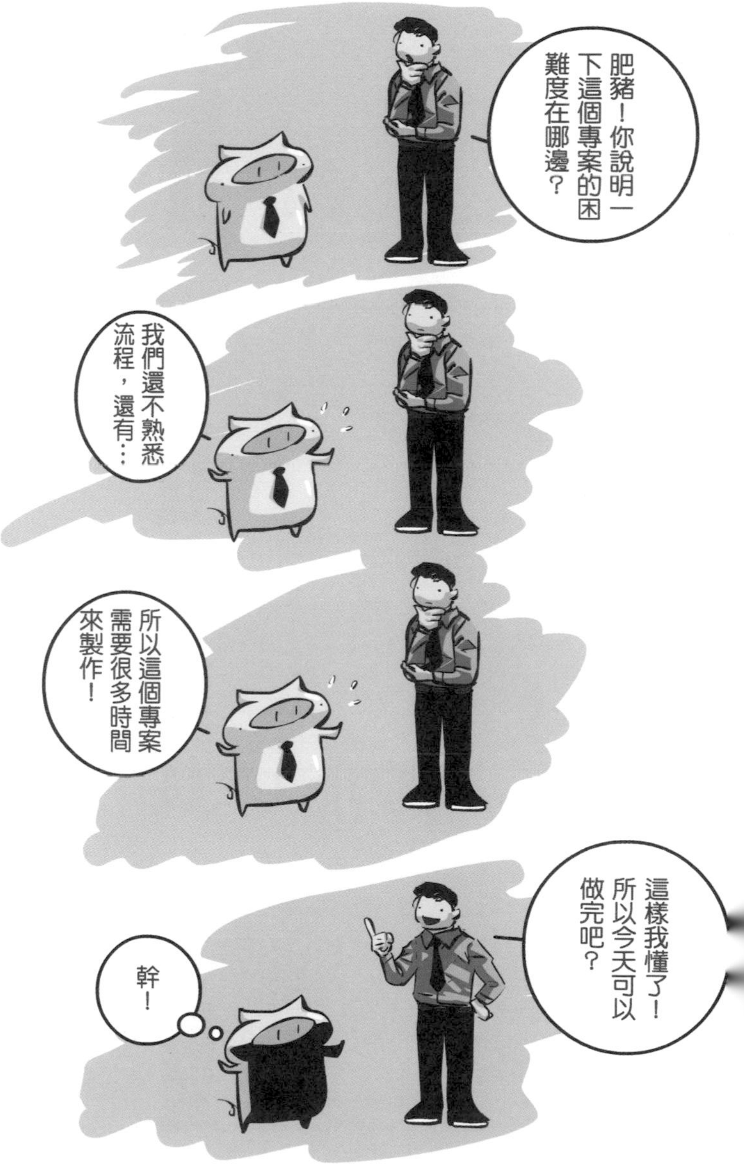
肥豬！你說明一下這個專案的困難度在哪邊？
我們還不熟悉流程，還有…
所以這個專案需要很多時間來製作！
這樣我懂了！所以今天可以做完吧？
幹！

這是讓人哭笑不得的狀態，以前碰到一些網頁技術上的問題時，老闆會問我困難在哪裡，也會請我估算解決問題所需要的時間，常常我說可能需要一個工作天。
老闆就說：「那個不是貼一貼就好了？」
是啊，是貼一貼就好，但是不用debug嗎？
既然要問我幹嘛不相信我啊？

老闆的故事

以前我剛進社會的時候真的非常辛苦！
天天加班加到十二點，我都沒有怨言！
你知道這故事的涵義是什麼嗎？
就是現在該我爽了！

老闆的邀約

為了增進部門間的感情，我們明天一起去看電影吧！
我肚子好痛喔，明天不能去！
喔！
啊！我突然想起來我明天有事！
喔！
……

我們老闆還滿常約我們一起出去玩的，
其實也不錯，只是覺得比較拘謹，
因為在公司是從屬關係，總讓人有點放不開，
比較沒辦法像普通朋友一樣開玩笑，
所以每次老闆邀約，大家就會四處竄逃。

老闆負責的專案

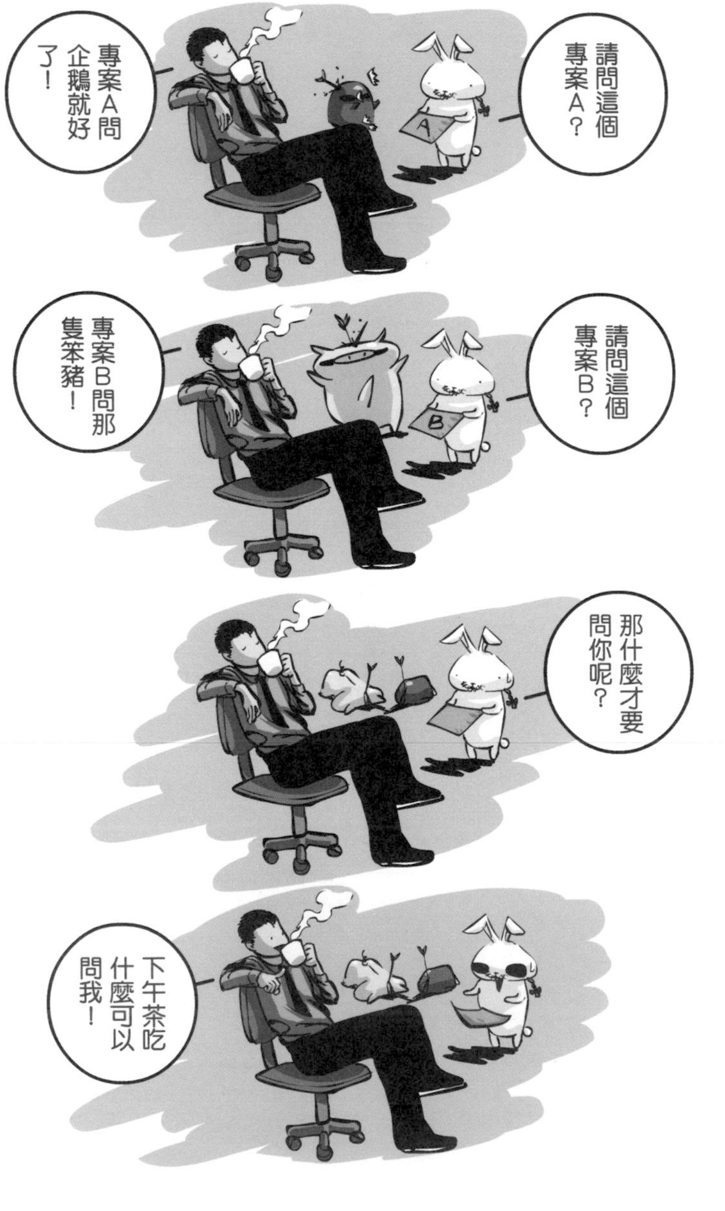
請問這個專案A？
專案A問企鵝就好了！
請問這個專案B？
專案B問那隻笨豬！
那什麼才要問你呢？
下午茶吃什麼可以問我！

老闆最常說：「這個你負責！」
那老闆負責啥呢？

聽不懂

喂！報告好了嗎？
還沒耶，我做完會跟你說！
喂！報告好了嗎？
恩，我做完會跟你說！
喂！報告好了嗎？
我做完馬上給你！
喂！報告⋯
你他嗎的是不是耳聾了！

老闆，為啥你要一直問？
讓我安靜一下我就做完了……

薪水的秘密

我剛進公司的時候，老闆就跟我說公司裡每個人的薪水都是秘密，大家都不知道對方的薪水有多少，這樣做當然是為了避免很多不必要的紛爭。
老實說大概都只差個幾千塊吧，我卻寧可少拿那點錢來換取準時下班，光免費的加班，就不只那個價錢了……

我剛進公司的時候…
我覺得你能力不錯…
所以我給你的薪水特別高，你不要讓別人知道喔！
呼呼！果然實力才是最重要的！
可是我還是很想知道別人的薪水是多少…
你領多少？
你領多少？
難怪薪水總是個秘密…
媽的！每個都比我多！

解決問題的方法

老闆，這樣專案會跟去年一樣出問題的！
喔，這樣喔，我記得上次好像是叫企鵝解決的！
後來我這邊很忙就交給大熊了！
我記得最後經手的是肥豬！
原來去年就是你負責的，那今年交給你就好了啊！
媽的！我剛剛不是說去年就是這樣出問題的嗎？

問老闆問題，
最後總是回到自己身上……

責任歸屬
這個專案是誰說要這樣做的！
是你嗎？
還是你？
老闆，工作單上是你簽的名耶⋯
對了！好像我是決定的，哈哈！

賣命

下個月有個大案子要進來，到時候可能每天都要加班到十二點！
再下個月有更多案子，大概連假日也要來上班！
加油❤
我才領那一點錢，就要我連命都賣了…

工作的窗口換了個人，新的窗口說她生病了，請了幾天假，
原來她過勞以至於在便利商店裡四肢抽筋昏倒，
還在醫院躺了一個禮拜……之前另一個在那裡工作的朋友，
壓力太大加上超時工作，爆瘦五公斤……
工作不是為了生活嗎？什麼時候開始生活只剩下工作了呢？無奈。

離職

肥豬，今年表現得不錯！
呼呼！肯定會幫我加薪！
明年也要繼續加油喔！
啊！就這樣？沒有加薪？
老闆…我想離職了！
我們來談談加薪的事情吧！
為什麼我要走了才肯幫我加薪？

Chapter Three
肥豬看世界

如何分辨有吃瘦肉精的豬

今天要教大家怎麼分辨吃瘦肉精的豬！
我來示範嗎！
有吃瘦肉精的豬，會像健美先生一樣，腹部很結實！
一般的豬，肚子就會肥嘟嘟的都是肉！
看來你真的是一般的豬…
其實我是一個上班族…

最近豬肉被驗出含有瘦肉精的新聞炒得沸沸揚揚，
今天豬肉協會理事長親自跟大家說明分辨的方法，
他說，吃了瘦肉精的豬就像健美先生，腹部會很結實，
一般的豬就是肥嘟嘟的一大塊，不過似乎只有活體才看得出差別，
如果是已經屠宰完畢的豬肉，好像就比較難分辨。

消夜

我好餓喔！
你還沒吃晚餐喔？
超過七點吃東西都算消夜喔！常吃消夜會變胖耶！
有這麼嚴重嗎？
不信你看！
狂吃…

加班伴隨的就是不準時的晚餐，晚餐不能準時吃是最痛苦的事情，工作到六點已經快餓昏了，但出去吃個飯通常會花掉一小時，大家寧可八點下班，也不要八點再回來加班，所以常常變成撐著工作到八點，十點多一個人坐在麵攤吃麵，老闆應該都以為我在吃消夜，其實吃的是晚餐。

帳密

這個網路時代裡，上班族最大的消遣就是上各大論壇跟討論區…
喔喔！這個論壇還不錯！
呼呼！馬上註冊成為會員！
而且我非常有網路安全的觀念，每次註冊帳號的密碼都不一樣！
但是過了兩天之後…
嗶！
嗶！
嗶！
密碼錯誤
奇怪！我那時候打的密碼到底是哪個？我完全忘了…

捷運賽跑

早上的捷運站對上班族而言就像賽跑場地一樣…
快遲到了！
嗶嗶！請退出門檻區重新感應票卡！
咦？
喂！前面的是不是太肥卡住了啊！
嗶嗶！請退出門檻區重新感應票卡！

我蠻常刷卡刷不過的，後面擠一排人真尷尬，
而且越緊張越容易刷不過，
最後只好退到旁邊，看著這波人潮通過後才默默地重試。

日劇團

公司的女同事很愛看日劇…
交響情人夢超好看的！
沒錯！沒錯！野田妹超可愛的！
哇！你學得好像喔！
野田妹
你們在討論的是交響樂團嗎？
沒看過的人，真的很難進入她們的世界…

有幾位女同事很喜歡看日劇，她們對「交響情人夢」評價都很高，但我沒看過，有時候話題聊到日劇上頭，我就完全插不上話了，其實我很久沒看日劇了，理由也滿好笑的：因為太多集，我很懶得看。而且日劇有個常見的橋段是一堆人站著，聽某個人邊流淚邊講大道理，我也很受不了這個畫面。

暖化問題

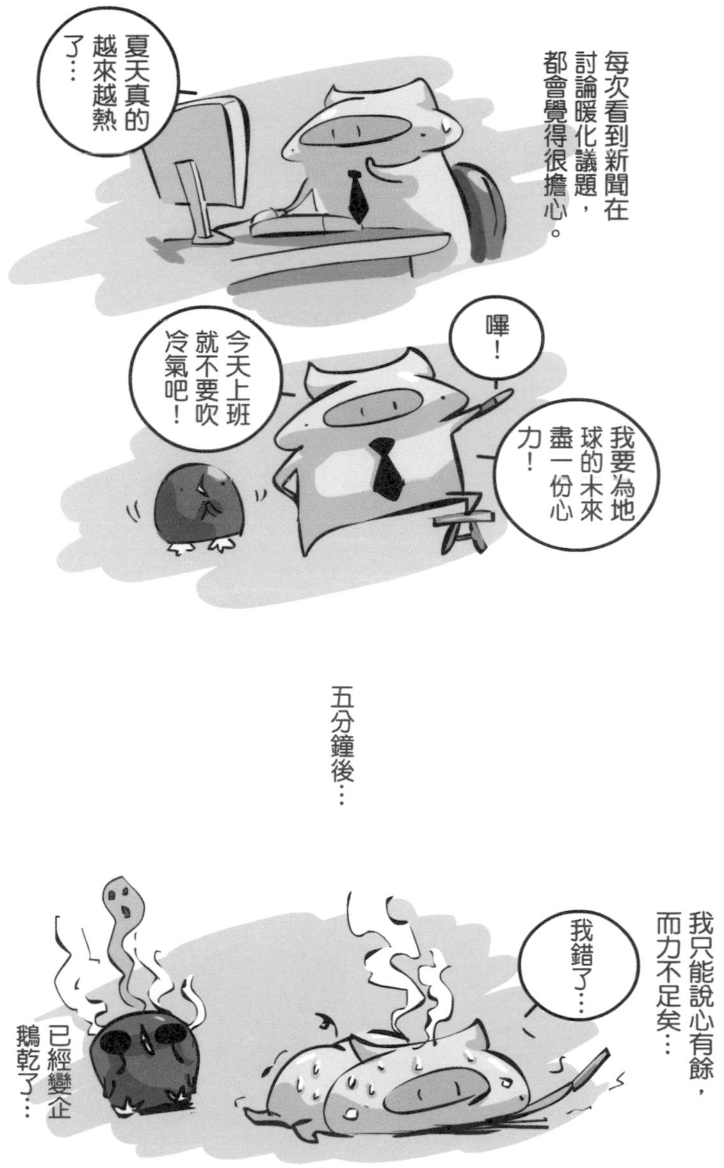
每次看到新聞在討論暖化議題，都會覺得很擔心。
夏天真的越來越熱了…
嗶！
我要為地球的未來盡一份心力！
今天上班就不要吹冷氣吧！
五分鐘後…
我只能說心有餘，而力不足矣…
我錯了…
已經變企鵝乾了…

北極夏天的溫度只要再升高一度，北極熊就要從地表上消失了，今夏台灣也出現不可思議的38度高溫，我幾乎到十一月還穿短袖。日本推廣上班不穿襯衫打領帶的運動，可以讓大家少吹冷氣，但沒有冷氣的話，大概上班族會比北極熊更早從地表消失吧。

有前途的工作

跟朋友們聊到自己的公司時，大部分人都不看好，其實我也是，好工作到底在哪裡？我理想的工作是：1．薪水很高；2．自我成長的空間大；3．有興趣；4．升遷機會大；5．準時上下班；6．壓力適中；7．離家近；8．整體產業前景看好；9．老闆不機車（很難）；10．同事感情融洽；11．辦公室環境良好、佈置得體；12．生活機能佳……大概符合前3項我就覺得是好工作了。

唉！今年公司又沒賺錢…
我們公司下半季也不看好！
我們公司成長性低，升官機會又少！
奇怪，有前途的工作到底在哪裡啊？

樂透

哇！聽說這期樂透頭彩有十億耶！
是喔！好多喔！
如果中了，就再也不用上班了！
我要去環遊世界！十億疊起來應該比我還高吧！
還在聊天！別妄想不勞而獲，努力工作才是最實際的！
投注站
電腦選號！五十張！

樂透是在我大四左右正式發行的，引起一陣風潮。
後來我在公司作工讀生時，發現每到開獎當天，
老闆跟幾個同事一定會買幾張，我還滿納悶的，
老闆已經賺很多了，為啥還要買樂透？
過了幾年之後，我才了解即使當老闆，賺錢還是很不容易。

泡麵

泡麵真是加班時的好夥伴，而且一定要吃有調理包的才夠味！
喔喔喔！好多肉耶！
呼呼！我要吃肉！
肉到底去哪了…？

泡麵的肉是水溶性的嗎？為何每次倒下去的時候很多，吃起來卻很少…

王建民的輸贏

旅美球員王建民的優秀表現，讓所有人都開始瘋棒球…
啊！今天王建民好像要比賽耶！
對耶！
我好想知道比賽結果喔！
唉，在公司又不能看轉播…只能等網路新聞了…
輸了！
你怎麼知道！新聞還沒出來耶！
看MSN上頭大家的暱稱就知道了…
Windows Live Messenger
Pig-我肚子好餓喔!!
可惡!建仔輸球了…
嗚嗚嗚…14勝沒了@@
王建民加油!!下次一定會贏!!
god-建仔被藍鳥打爆了…
Dooby-看完球賽心情都變差了

王建民在雅典奧運為中華隊擊敗澳洲隊而嶄露頭角的，當時媒體焦點都集中在曹錦輝身上，結果小曹對日本的表現並沒有想像中的好。之後王建民拿下十九勝，成了台灣之光，小曹因為肩傷休養一陣，這兩個人的故事值得深思……

看漲的房價

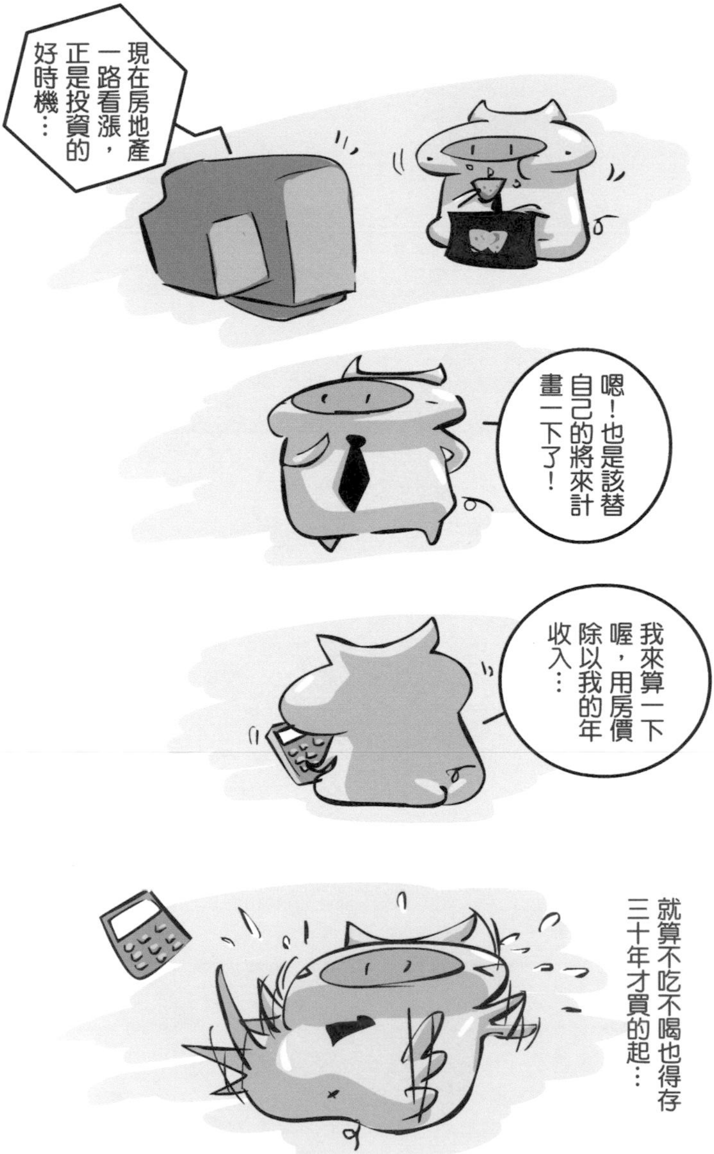
現在房地產一路看漲，正是投資的好時機…
嗯！也是該替自己的將來計畫一下了！
我來算一下喔，用房價除以我的年收入…
就算不吃不喝也得存三十年才買的起…

端午節的比賽

端午節的時候，朋友們都會討論三節獎金⋯⋯
我今年只有領到一千元！
很好了，我才只有兩百！
你呢？
我只有一顆粽子，而且還沒有包肉⋯⋯

新聞指出，企業平均發放的端午節獎金是三千一百零四元，我比較好奇的是⋯⋯我們公司有賺錢為啥還只發兩百⋯⋯

素食婚禮

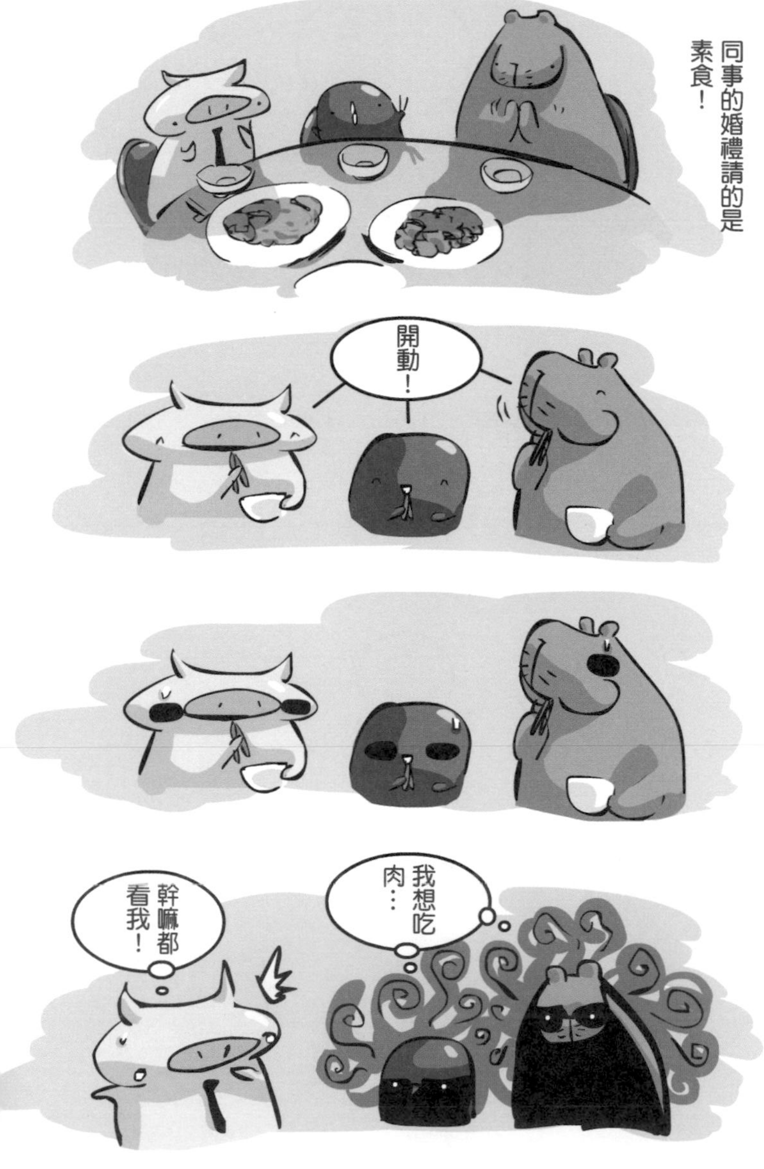
同事的婚禮請的是素食！
開動！
我想吃肉…
幹嘛都看我！

脹氣

因為腸胃炎導致肚子脹氣…
上了知識家查了脹氣…
喔喔，有快速療法！
喔喔！真的有氣體出來的感覺！

將身體平躺，膝蓋彎曲，用雙手環抱住小腿，盡量將大腿貼近肚子。

可是太用力，出來的就不只是氣體了…

計程車

別說公司都沒給福利，現在加班太晚搭計程車可以報公帳，但是要記得拿收據喔！
呼呼！坐計程車回家真是種享受！
這是你的收據，上面你自己填就好！
謝謝！
全白的…這樣可以請款嗎？

MR・PIG

身價上漲

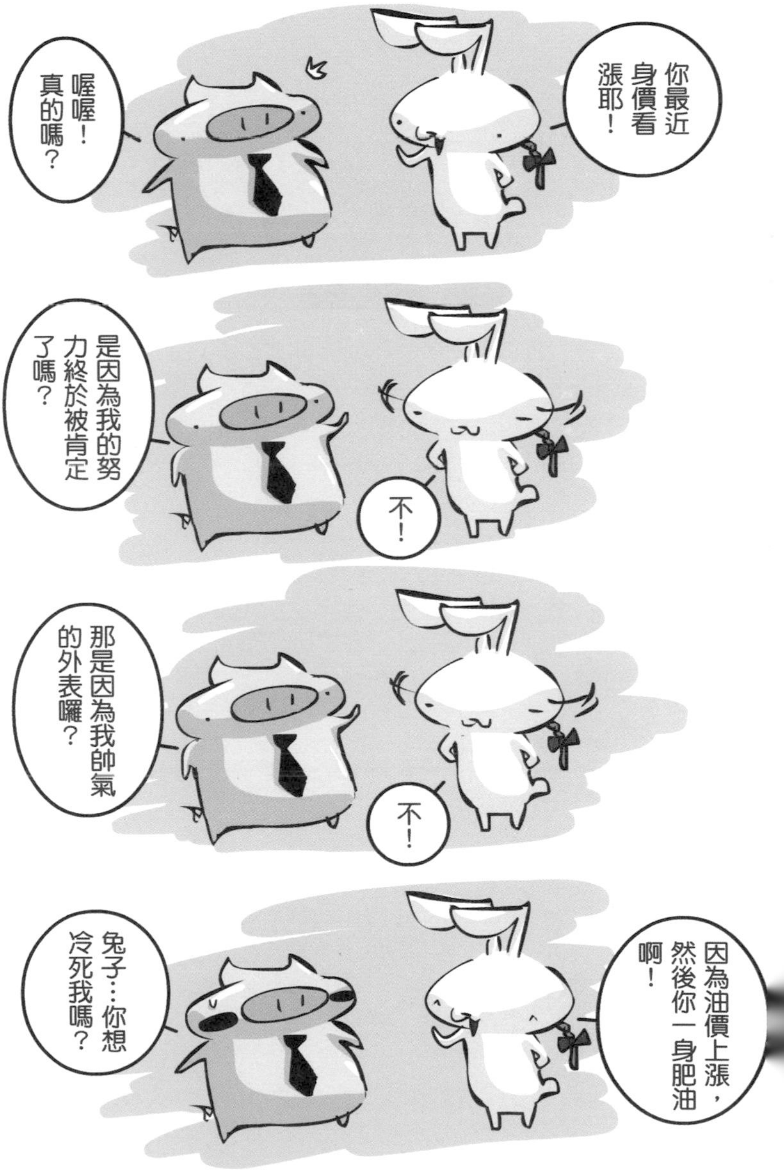

你最近身價看漲耶！
喔喔！真的嗎？
是因為我的努力終於被肯定了嗎？
不！
那是因為我帥氣的外表囉？
不！
因為油價上漲，然後你一身肥油啊！
兔子…你想冷死我嗎？

因為我平常都搭公車或捷運，對於油價上漲的感覺比較遲鈍，但是連帶地影響其他物資的上漲，就教人有點頭大，原油總有用完的一天，很多陰謀論者說，已有新能源，但公開會損傷經濟體系。也許以後車子不用汽油，改用豬油。（真的有用蔬菜油的車子，好像跑不快吧！）

近胖者胖

近胖者胖
機率達57%
新聞說跟胖子做朋友，很容易就變成胖子…
別靠近我！
喂！你比我胖吧！

我昨天看到這個新聞，自己覺得很好笑，
這樣一來胖子是不是會被大家排擠啊？
我變多朋友是胖子的，我覺得胖子都變有幽默感的，
所以我是這樣才變成胖子的嗎？
應該不是吧，不過吃消夜真是一件很快樂的事情。

颱風

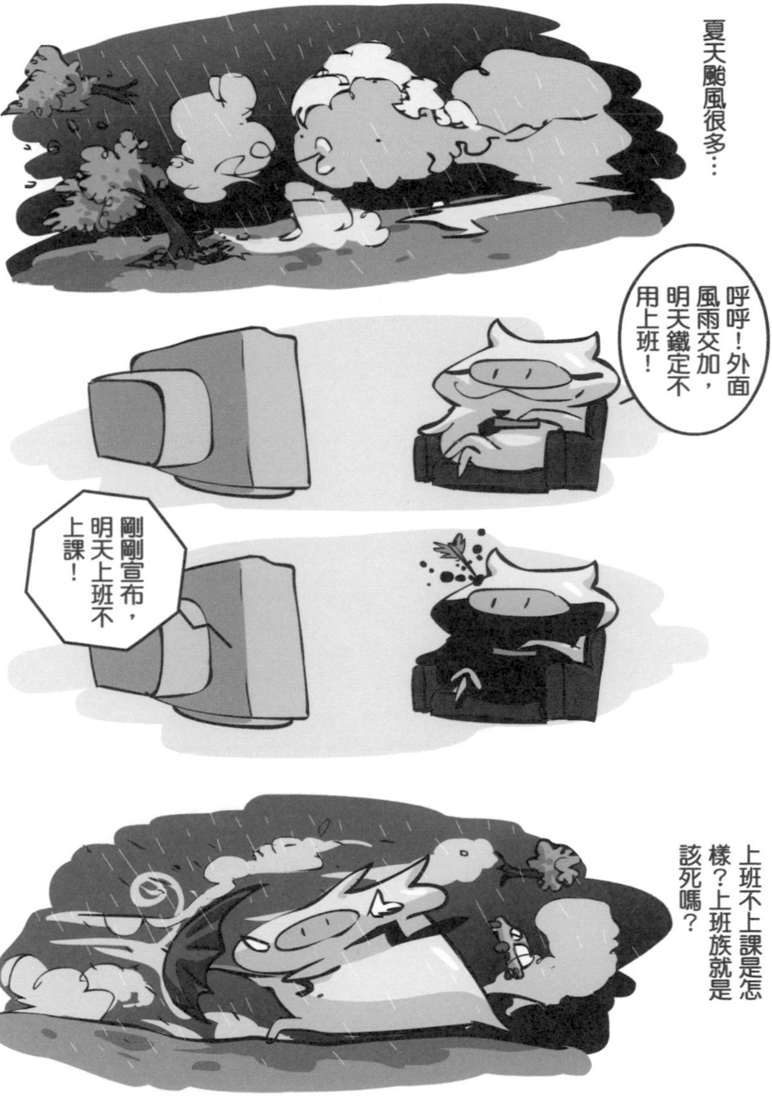
夏天颱風很多…
呼呼！外面風雨交加，明天鐵定不用上班！
剛剛宣布，明天上班不上課！
上班不上課是怎樣？上班族就是該死嗎？

我只能說：「是的，上班族就是該死！」二〇〇六年是我上班的第一年，也是我遇過最多「輕颱」的一年，每次颱風來都要上班……而且又在刮風下雨的時候出門，大二時在新竹科學園區打工，強颱來襲時，新竹居然宣布隔天要上班，人在台北的我只好早上坐車殺到新竹，結果新竹市宣布下午放假……

Chapter Four
高學歷低智商

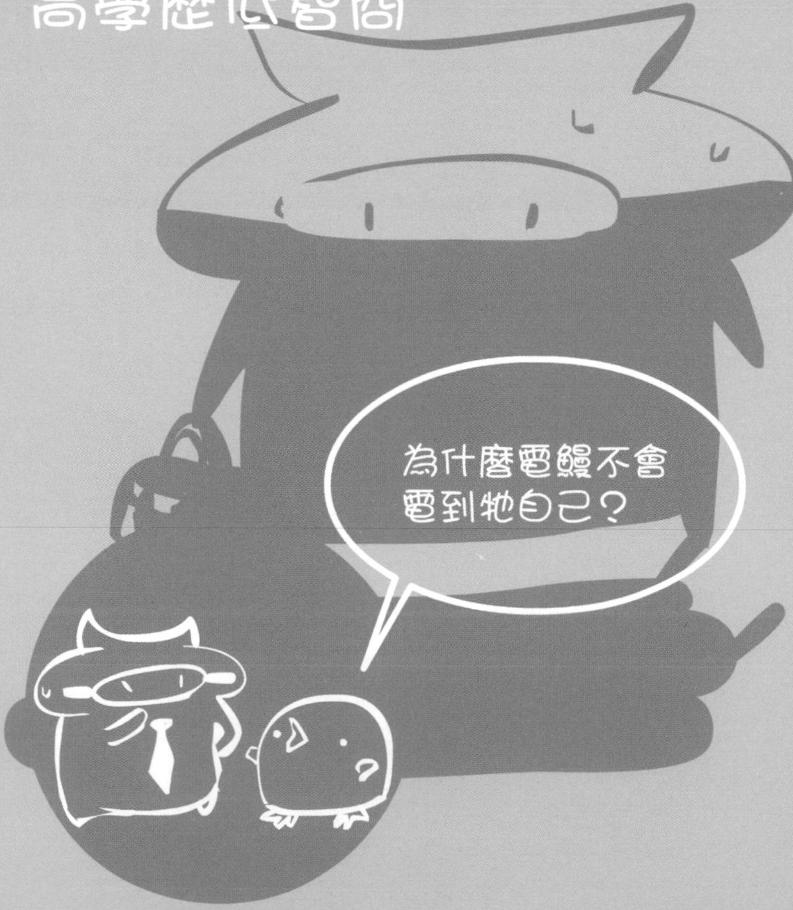
為什麼電鰻不會
電到牠自己？

上班遲到

公司規定上班只要遲到一分鐘就要請一個小時的假…
反正都要請一個小時了，我要悠閒的吃完早餐再進公司！
一個豬肉滿福堡套餐！
呼呼，我真是太聰明了！
結果遇到剛好也遲到的主管，吃了一頓尷尬的早餐…
老闆！

加班沒有加班費說是責任制，
上班遲到一分鐘卻要扣一個小時的錢，
很妙的公司規定。

下午茶

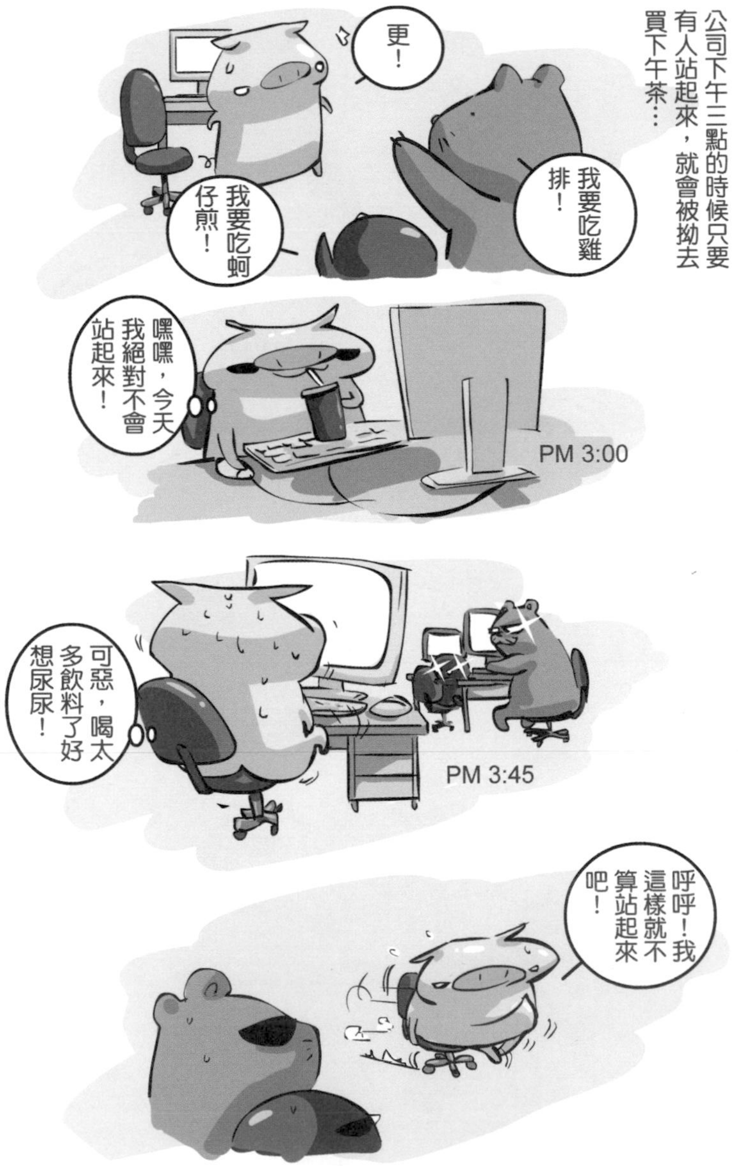
公司下午三點的時候只要有人站起來，就會被拗去買下午茶…
更！
我要吃雞排！
我要吃蚵仔煎！
嘿嘿，今天我絕對不會站起來！
PM 3:00
可惡，喝太多飲料了好想尿尿！
PM 3:45
呼呼！我這樣就不算站起來吧！

所以說：「無竹令人俗，上班令人胖！」
大家都很懶，寧可餓昏也不要下樓去買東西，
有天下午我餓到腦袋一片空白，就跑腿幫大家買炸雞，
竟算錯人數少買一包，
幸好好心的同事把她的炸雞給我吃，
肚子餓的時候真的做不好事情，還是要吃得飽飽的腦袋比較清楚。

下班前

呼呼…今天終於可以準時下班！
等一下！幫我看一下東西！
喂！我這邊也要！
……
結果比平常還要晚下班…

當好不容易完成一天的進度，想準時離開的時候，
常常就會有工作突然降臨……
其實也可以排進明天的時程，但是對方通常都是急件，
結果真正下班的時候已經不知道是幾點了。

代刷

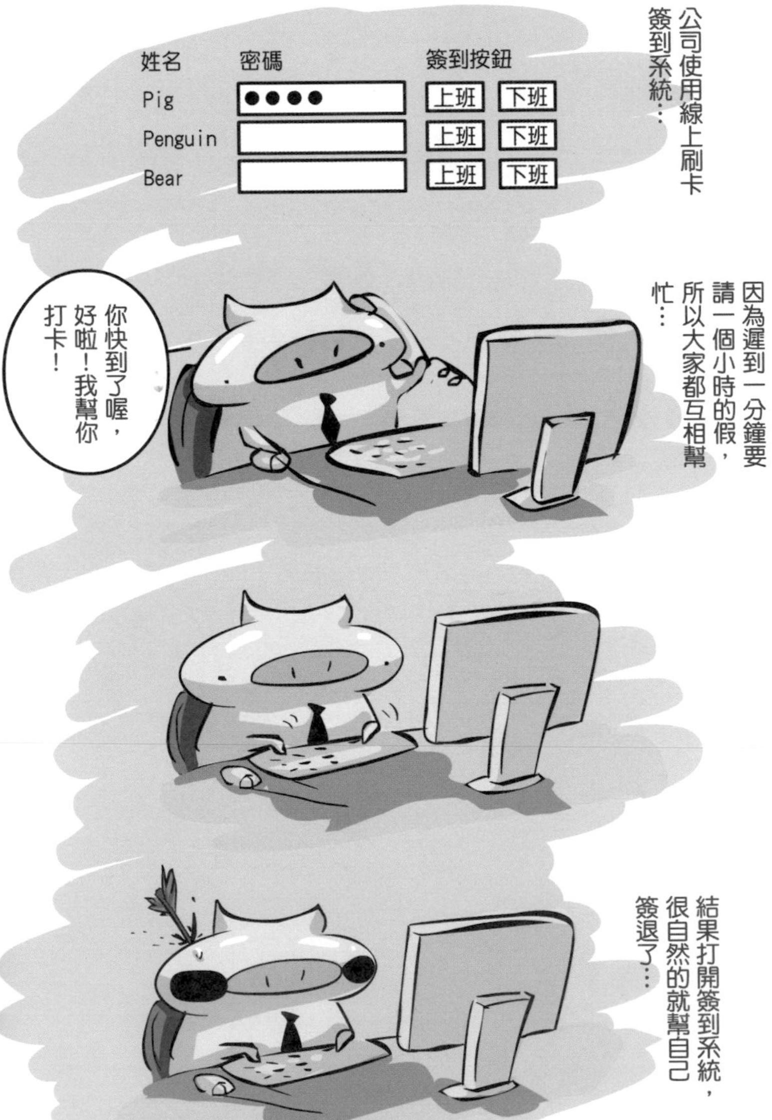
公司使用線上刷卡簽到系統…
姓名 密碼 簽到按鈕
Pig ●●●● 上班 下班
Penguin 上班 下班
Bear 上班 下班
因為遲到一分鐘要請一個小時的假，所以大家都互相幫忙…
你快到了喔，好啦！我幫你打卡！
結果打開簽到系統，很自然的就幫自己簽退了…

代刷這件事情是苦命員工對刻薄企業一點小小的抗議，
大家展現了團結力量大的民主精神，
就像在戰場上大家火力交互支援一樣，
每天早晨諾曼地大空降的劇情都在辦公室裏上演……

倒楣

一切都是從電腦中毒開始……
聽到吃的就跑過來的大熊
反正你現在也不能工作，去幫我買冰！
我也要！
變成大家的奴隸了！
叮！
結果電梯門一開，老闆就站在外面……
幹！這兩隻冰都不是我要吃的……
你這隻豬上班時間竟然敢去買東西吃！
最重要的是居然沒幫我買！

我第一次偷偷去買早餐就被副總抓包……接著我要開電腦就開始當機……最後IT就幫我重灌了，一個下午因為沒電腦當無業遊民……被同事使喚去買東西，原本直接可以回到五樓的電梯，電梯門一開，媽呀！又是副總，我還手拿兩個冰淇淋，心想死定了……幸好最後沒事。

偷睡覺

呼呼！我這個位置得天獨厚，睡覺絕對不會被抓包！
廢話不多說！先睡一下！
你剛剛偷睡覺對不對？
耶！妳離我這麼遠怎麼會知道！
隔壁部門的兔子
我有不祥的預感
你剛剛打呼那麼大聲！整層樓都知道了吧！

儲值

我現在只剩下五百元了…
還有一個禮拜才發薪水耶，你要省吃儉用了…
啊！我的悠遊卡要儲值！
我把五百元都存進去了…我忘記它不會找零…

公司的老鼠

公司裡真的有老鼠，有時桌上的文件會有老鼠的腳印。
有天只剩我一個人在加班，
八點多時真的快餓昏了，我就打開前面同事的抽屜，
把她的餅乾吃了……
原來我才是隻大老鼠嗎？

我的餅乾怎麼不見了！
你不知道公司裡有老鼠嗎？餅乾不能放抽屜的！

可惡！我要放老鼠夾對付那些臭老鼠！

第二天…

喂！你的手怎麼回事…

勞碌命

好苦喔！我已經加班好幾個月了！
我以前那份工作既不用加班錢又多，超級好的！
那你幹嘛換到這裡來？
因為覺得很無聊成長性又低…
勞碌命…

我進入職場之後，也面臨了相同的問題。有些工作，做起來很輕鬆，待遇也不差，可是真的沒有學習也沒有成長，就長遠來看實在讓人感到很害怕，有的時候我想，工作辛苦或許真的是自找的，吃苦當吃補，年輕的時候苦一點，接受多一點的挑戰跟磨練，總是對未來比較有幫助吧。

去不掉的線

有一次在做簡報的時候⋯
耶?多了一條黑線耶!
奇怪!怎麼去不掉?
怎麼啦?
簡報上有條黑線我弄不掉耶!
你說的是這根黏在螢幕上的鼻毛嗎?
⋯⋯

身為設計師都有些龜毛的地方，常常一個畫面或一條線也調整老半天。
某次我發現畫面上有條黑線，
我很認真地思考那條黑線不該在那個位置，於是我把滑鼠移過去，
耶!?點不到耶!?心想可能是當機，於是把軟體關掉，
黑線居然還在!我這才發現：原來它是一根黏在螢幕上的毛⋯⋯

團購

有沒有人要訂黑師傅捲心酥？
我要！我要！
可是要半年之後才會送來！
說不定我都離職了！
不然有一個是明天就送來的，你們要嗎？
好啊好啊！
結果是滅火器⋯⋯

我以前打工公司的同事很愛團購東西，
每到下午就會拿型錄出來討論，
每天都有收不完的包裹，團購的東西也是五花八門，
甚至連米都訂過，但最神奇的……
是有一個同事說她們訂過滅火器。

存錢

小時候領到壓歲錢都很開心，但常常一回到家就被迫繳械，
媽媽總是說幫我們存起來，
有一年我跟老哥終於忍不住問說錢去哪兒了？
老媽也很老實地說她花掉了……
隔年徵收我壓歲錢的人成了老哥，我們集資買了一台掌上型遊樂器，
結果沒多久就被老媽給砸爛了……

以前我爸媽都會說要幫我存壓歲錢！
那都騙人的，不會有人把薪水都給爸媽存吧！
我有事先走了！
爸！你真的有幫我把薪水存起來吧？
我拿去買股票了…最近剛好又大跌…

工作傷害

用滑鼠過度，手腕好痛喔！
電腦桌前坐太久，腰好痛！
是工作壓力引起胃潰瘍嗎？
我肚子好痛喔！
果然是隻豬…
中午吃太多了…

大概是去年年底到今年年初，我的手腕只要握到滑鼠就會很痛，
而且使不上力氣，腰也經常隱隱作痛，
這些對我的工作造成很大的困擾，解決的辦法出乎意料地簡單，
就是我買的滑鼠墊和同事送的靠墊。
減輕我不正確施力所造成的工作傷害。

找東西

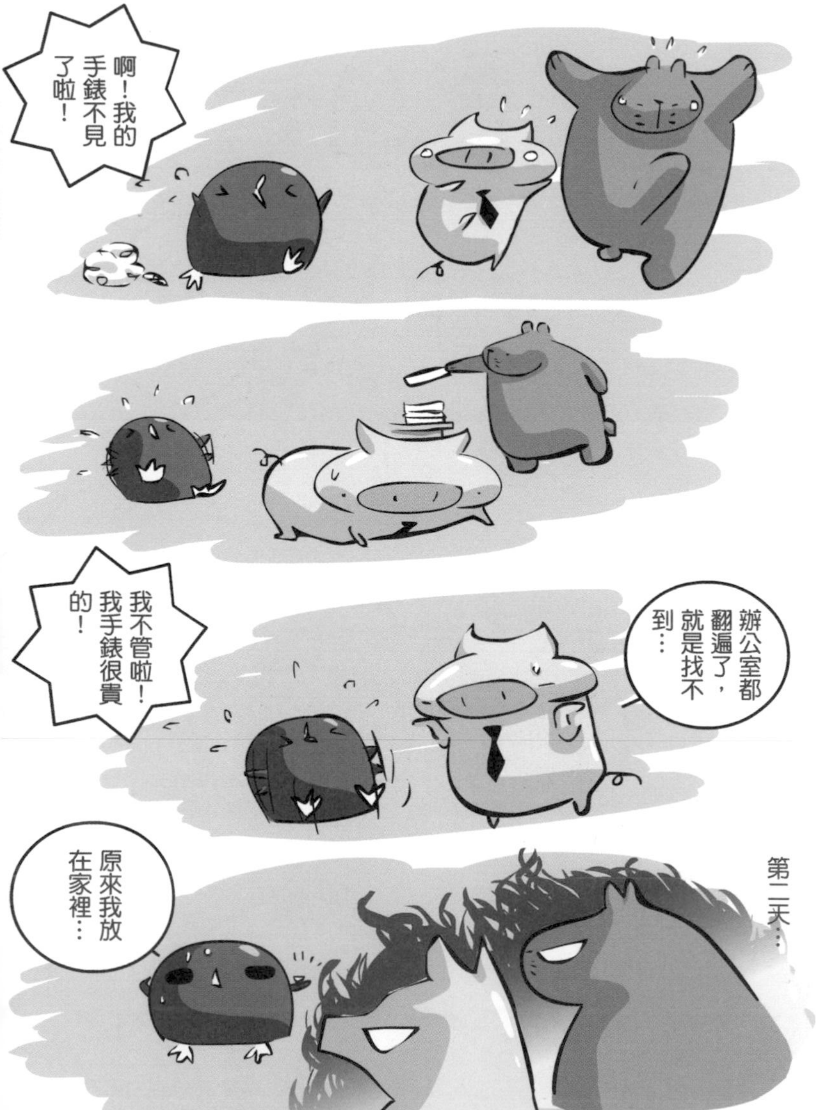
啊！我的手錶不見了啦！
辦公室都翻遍了，就是找不到…
我不管啦！我手錶很貴的！
第二天…
原來我放在家裡…

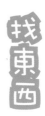

抽籤

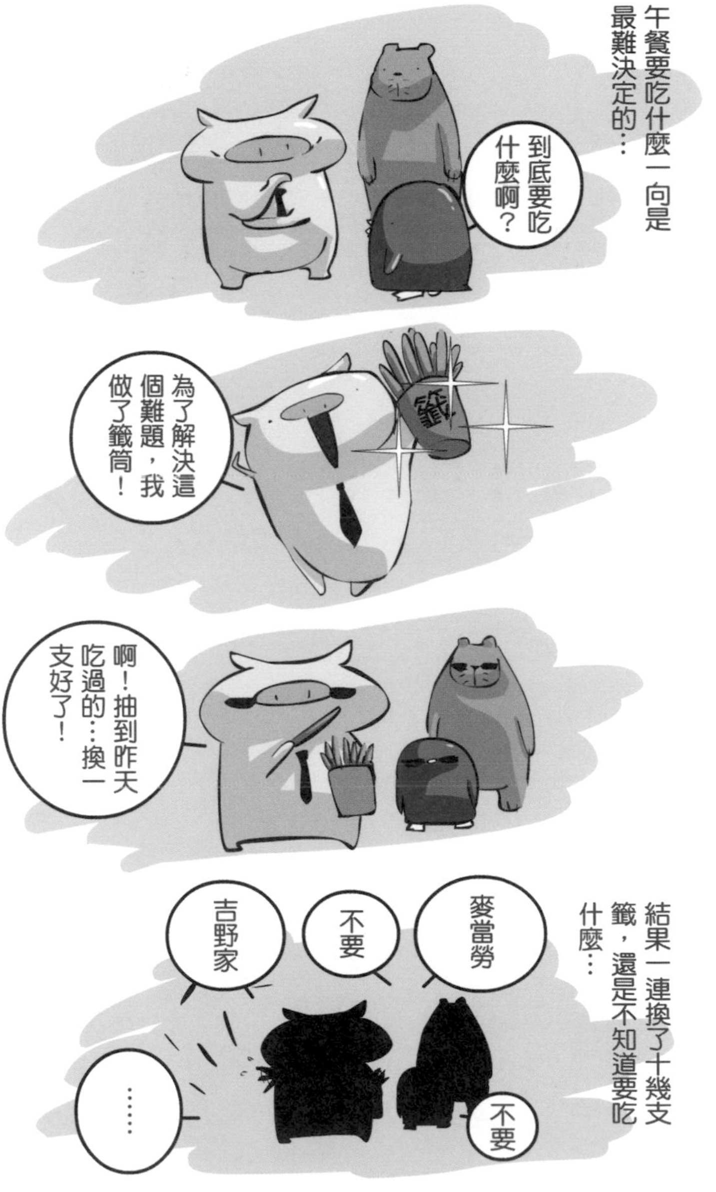
午餐要吃什麼一向是最難決定的……
到底要吃什麼啊？
為了解決這個難題，我做了籤筒！
籤
啊！抽到昨天吃過的…換一支好了！
結果一連換了十幾支籤，還是不知道要吃什麼…
麥當勞
不要
吉野家
不要
……

支援

這次專案的負責人是大熊，其他人負責支援他！
好！
這部份給你做！
這部份給你做！
Z z z
奇怪！我們不是支援而已嗎？怎麼變成全部都我們做？

書店

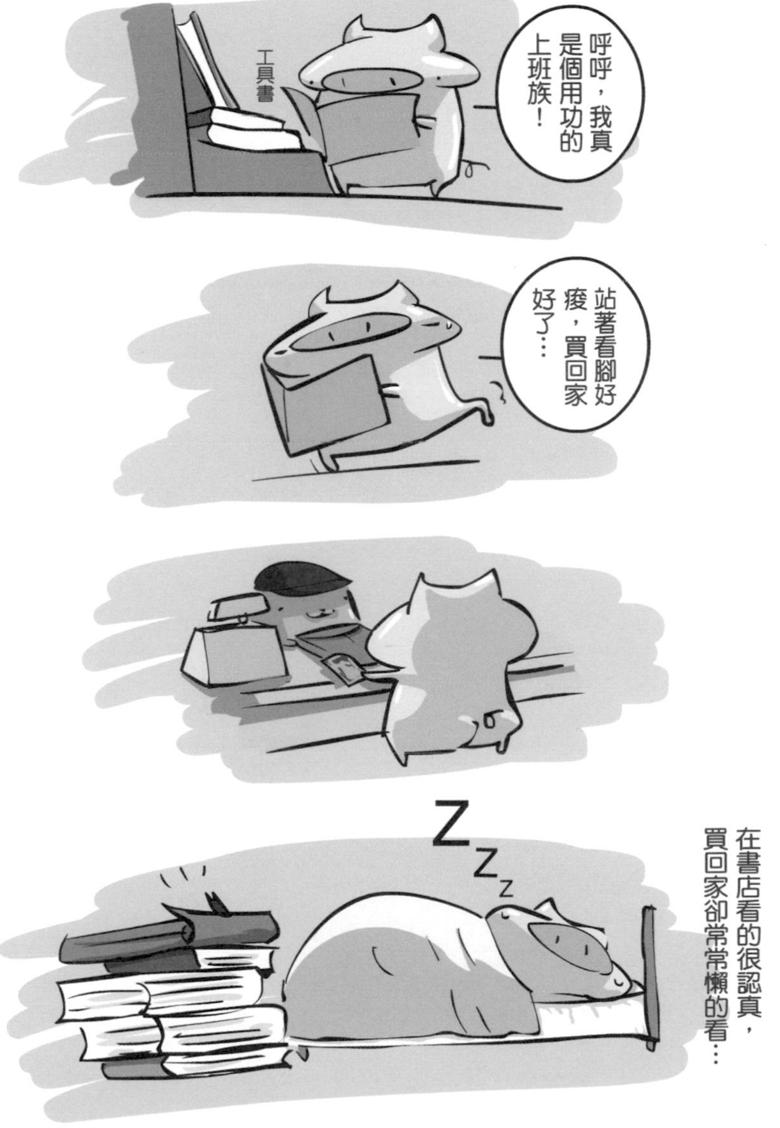
工具書
呼呼，我真是個用功的上班族！
站著看腳好痠，買回家好了…
ZZz
在書店看的很認真，買回家卻常常懶的看…

桌上擺飾

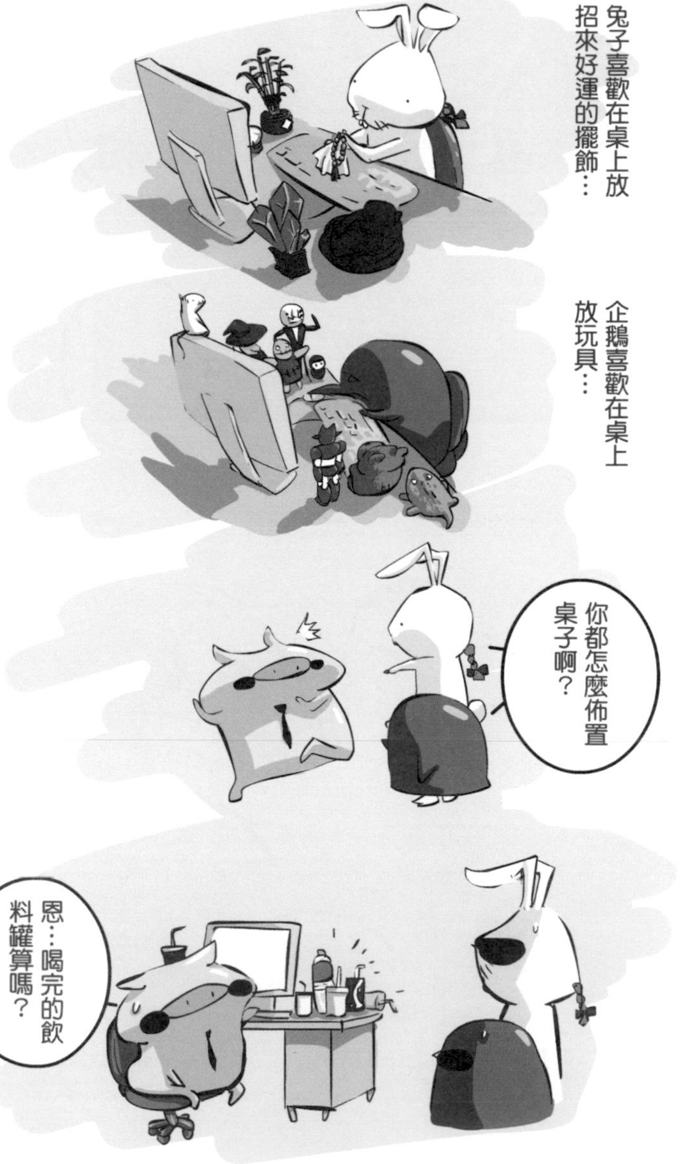
兔子喜歡在桌上放招來好運的擺飾…
企鵝喜歡在桌上放玩具…
你都怎麼佈置桌子啊？
恩…喝完的飲料罐算嗎？

椅子下的螺絲

有一天我在椅子底下發現一顆大螺絲…
奇怪，哪來的螺絲？
第二天我又發現一顆…
到底是哪來的螺絲啊？
到了第三天，我終於知道是哪來的螺絲…
該減肥了…

這個故事要談到我的老哥，他的破壞力真的是無人能敵，我印象最深刻的就是有次他說電腦壞了，我大吃一驚！因為才剛買沒多久，壞掉的原因也很神奇：他把ram插反了……重點來了！ram有防呆插槽，反著插應該是插不進去的。結果他不但硬插進去，還開機讓主機板燒掉。只能說他的怪力十分驚人……

機車的客服

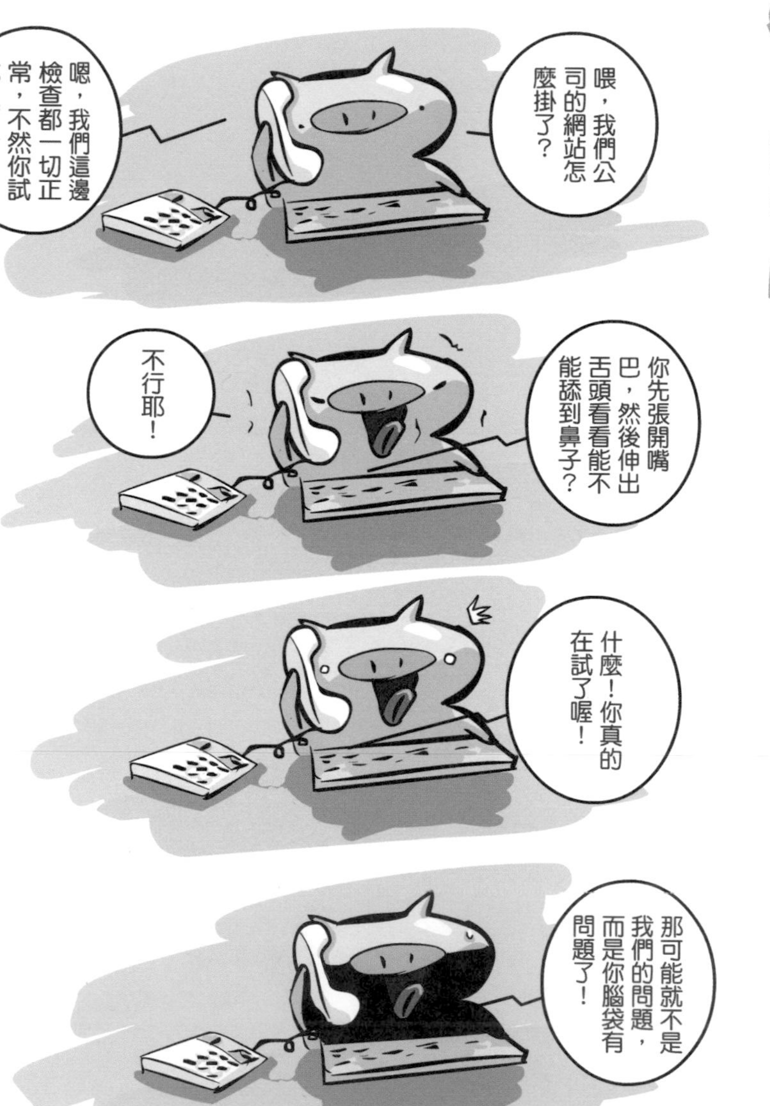
喂，我們公司的網站怎麼掛了？
嗯，我們這邊檢查都一切正常，不然你試試以下步驟…
你先張開嘴巴，然後伸出舌頭看看能不能舔到鼻子？
不行耶！
什麼！你真的在試了喔！
那可能就不是我們的問題，而是你腦袋有問題了！

不知道大家有沒有相同的經驗，打電話給客服的時候感覺像被遙控一樣，他說什麼你做什麼。

生日01

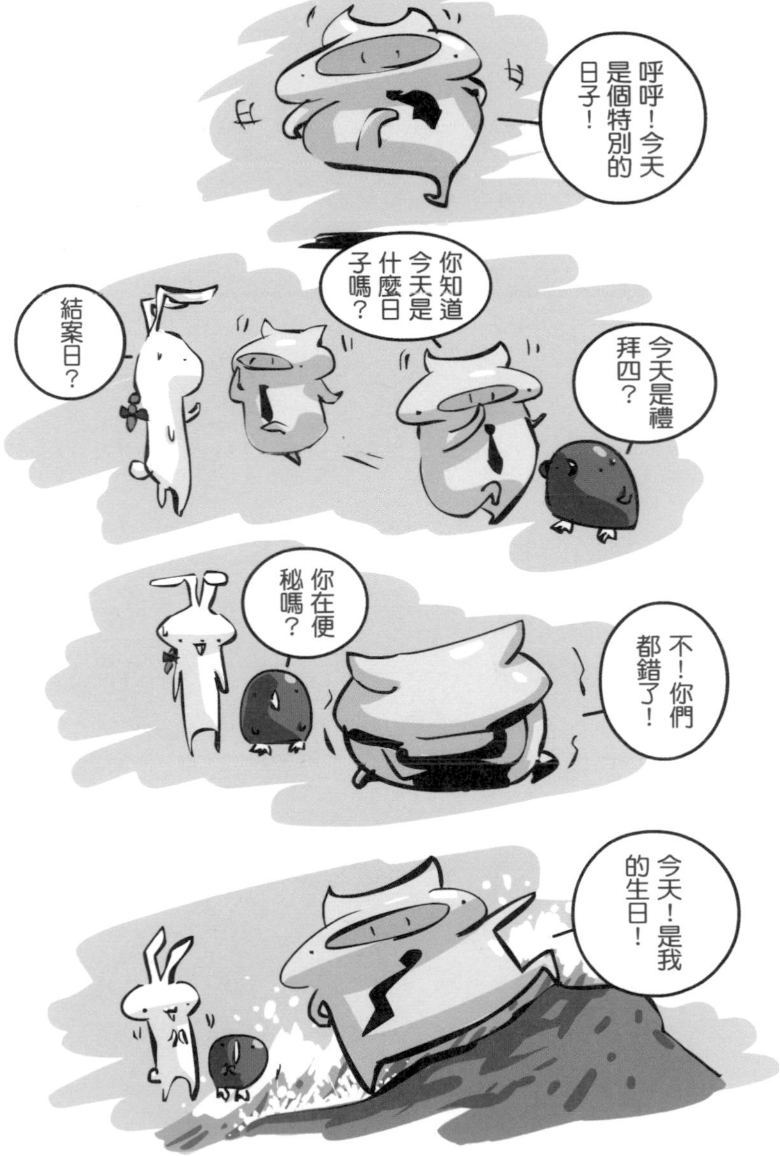
呼呼！今天是個特別的日子！
你知道今天是什麼日子嗎？
今天是禮拜四？
結案日？
不！你們都錯了！
你在便秘嗎？
今天！是我的生日！

生日02

那生日最重要的事情是什麼？你們知道嗎！
阿嚕吧！
拿禮物！
吃蛋糕！
大錯特錯！
又在便秘了！
最重要的當然是許願啦！
現在劇情是要變成七龍珠了嗎？

生日 03

呼呼！我要許一個最棒的願望！
可是我想要的東西好多…該怎麼辦！
好！我決定了！
總之…祝福所有今天生日的人…
你想太久了，蠟燭已經燒完了！
可以吃蛋糕了嗎？

聚餐

在討論聚餐地點的時候…
吃牛排如何？
我要吃火鍋！
火鍋冬天吃比較好吧！
我要吃火鍋！
不管啦！人家要吃火鍋！
原來她是要吃冰吃到飽…
狂吃冰…

職場健忘症

等下別忘了把檔案給我喔！
好！
昨天開會的資料寄給我！
好！
你東西放錯位置了耶！
是喔！我馬上改！
我的東西咧？
我完全忘了！
我發現我一上班就得了失憶症…

因為我是專案的負責人，每到結案，就會有一堆人找我，通常第一個人跟我要完東西，我正在準備的時候，第二個人又會打電話來，然後接下來又會有第三個、第四個，我往往只會記得最後一個跟我要的東西……半天過去後，第一個人問我他要的東西呢？

蟬叫

你有聽到奇怪的聲音嗎？
有！
是蟬叫嗎？
辦公室裡又沒樹…
應該是從這附近發出來的！
原來是大熊在抖腳，把椅子壓得嘰嘰叫…

有一個同事很愛抖腳，剛好他的椅子又有點問題，每次都會發出嘰嘰嘰的聲音，
有次老闆就問：這個聲音是從哪兒來的？
於是大家都在找，找到之後，大家都看著他，
不過他自己本人倒是不知道發生什麼事了。

裝懂

大熊一向都覺得自己的方法是最聰明的…
你這樣太慢了！
是喔…
為什麼不學我那樣做？
囉唆！
上次那個專案幹嘛不用A軟體改一下就好啊？
因為肥豬不會用，我怕他要學很久…
明明自己也不會，還怪在我頭上！
是喔！

會就說會，不會就說不會！這是工作上或學習上都很重要的態度，因為畢竟人各有所長，不會也不是丟臉的事情，裝懂才是最要不得的，不過有些人在熟悉的領域表現得自信滿滿，常常要糾正別人，當他遇到不熟的地方，卻又拉不下臉來承認自己的不行……其實人都不是萬能的，不然要一個團隊幹嘛？

證照

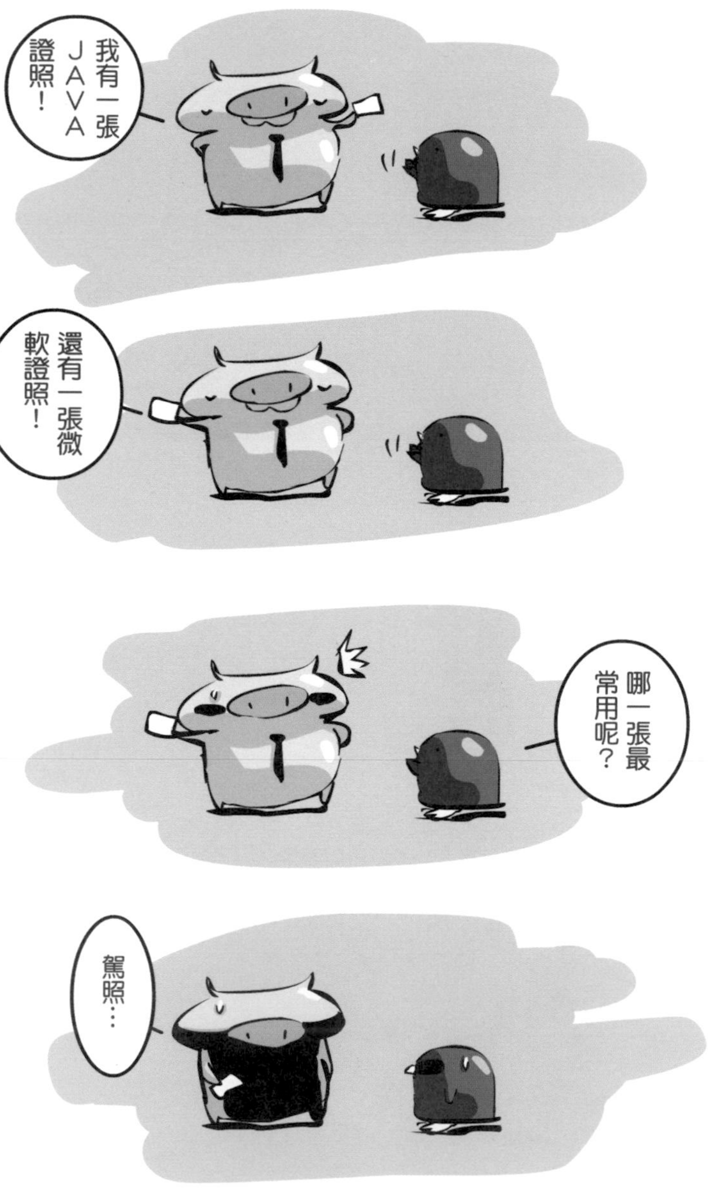
我有一張JAVA證照！
還有一張微軟證照！
哪一張最常用呢？
駕照…

我不是說證照沒有用，但是最常用的真的是駕照。

買早餐

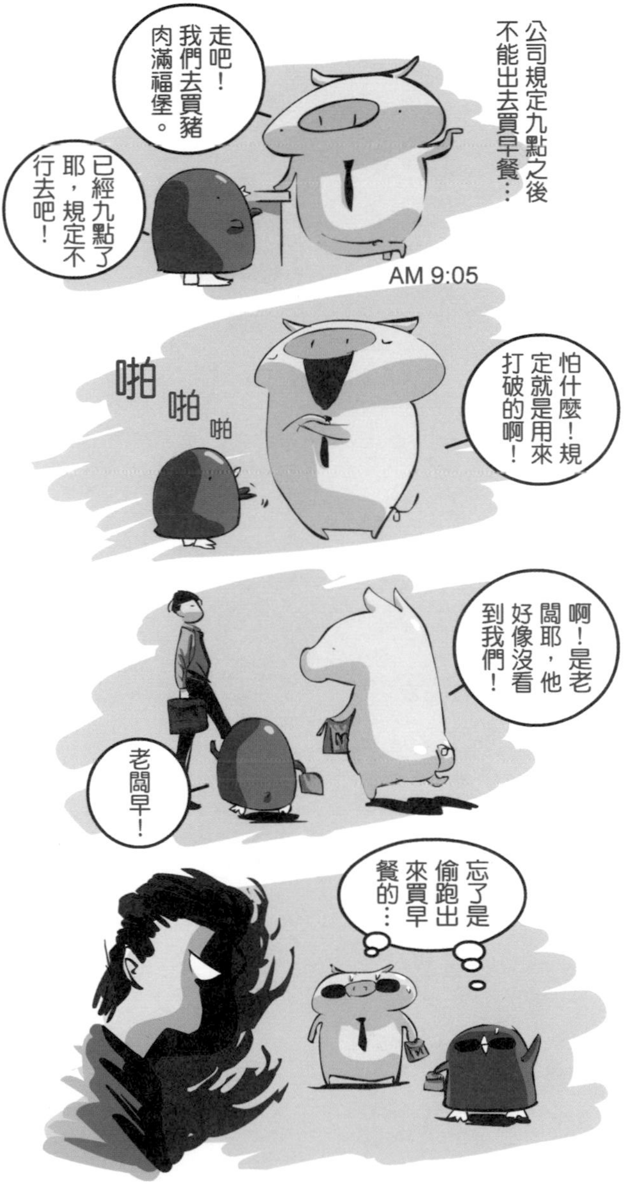
公司規定九點之後不能出去買早餐…
走吧！我們去買豬肉滿福堡。
已經九點了耶，規定不行去吧！
AM 9:05
怕什麼！規定就是用來打破的啊！
啪 啪 啪
啊！是老闆耶，他好像沒看到我們！
老闆早！
忘了是偷跑出來買早餐的…

買蔥送菜

我們窗口在跟客戶洽談的時候一直都很順利，
結案時客戶突然變了嘴臉，
開始挑三揀四，甚至口出惡言，讓我們的窗口感到無所適從，
後來才發現客戶不是真的對專案不滿，而是故意刁難想要拗一點好處，
遇到這種客戶真的很無言……

第一次提案…
我覺得提案內容好像少了什麼…
澳洲來的奧客
第十次提案…
我還是覺得缺了什麼…
這是公司準備的小禮物！
對了，對了，就是缺這個。
幹！

起床氣

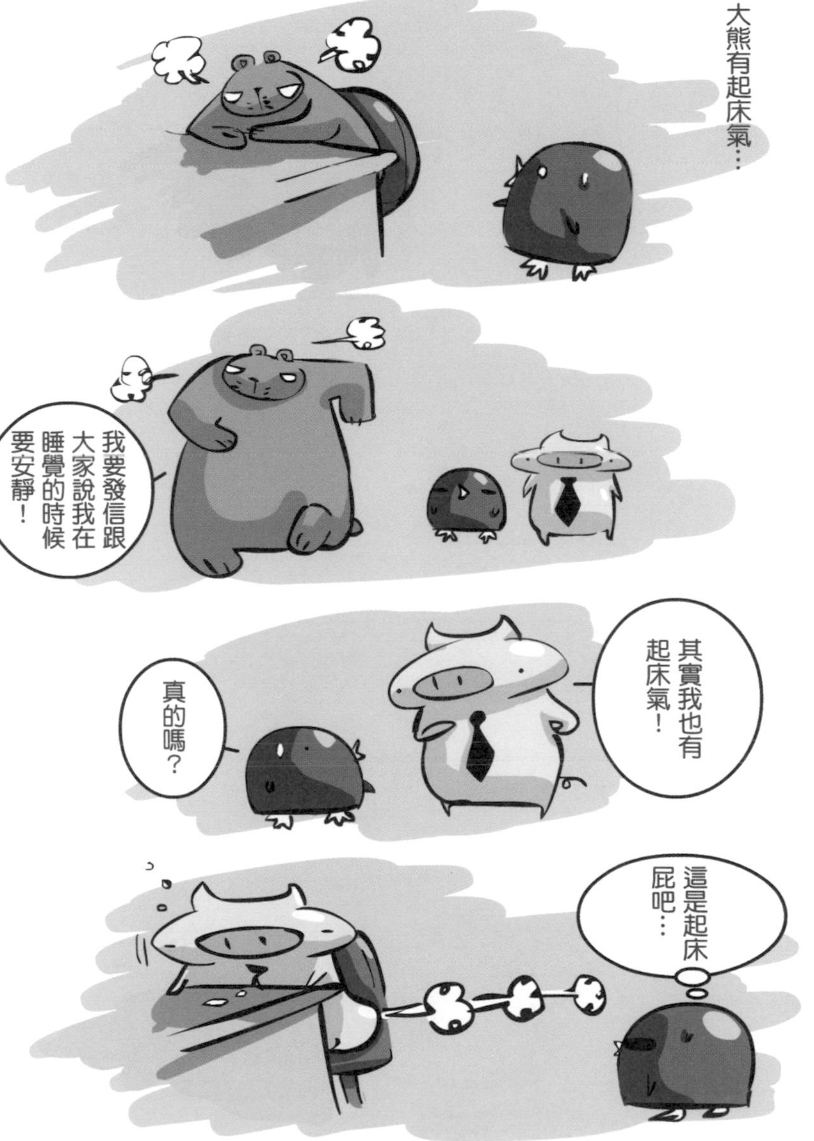
大熊有起床氣…
我要發信跟大家說我在睡覺的時候要安靜！
其實我也有起床氣！
真的嗎？
這是起床屁吧…

進修

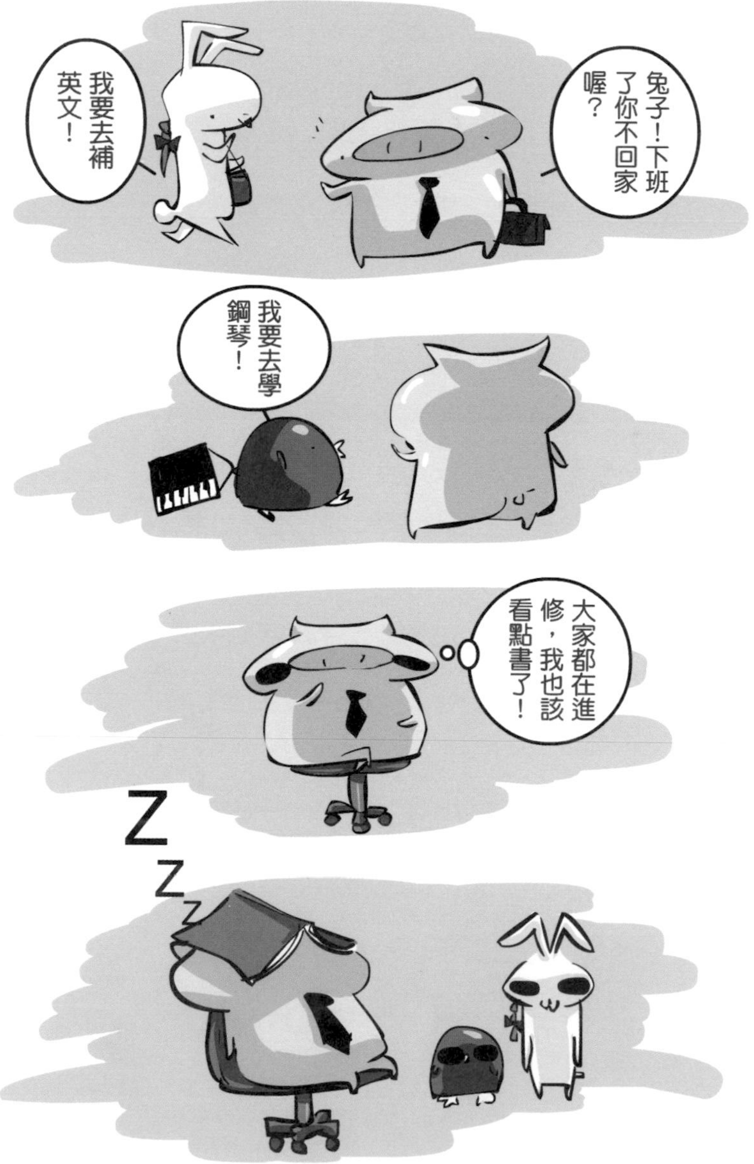
兔子！下班了你不回家喔？
我要去補英文！
我要去學鋼琴！
大家都在進修，我也該看點書了！
Z
Z
Z

遙控器

熱死了，把冷氣開強一點！
怎麼都沒反應！遙控器是不是壞了啊！
奇怪，是誰把投影機的遙控器敲壞的？

開了冷氣想關卻關不掉，原來我拿的是電視遙控器……

鐵齒

把工作帶回家是常有的事情，
有時沒用隨身碟存檔，很鐵齒地想回家再上網抓檔案，
偏偏網路壞了，工作又不能不做，
只好殺到好友家去下載資料，抓完資料之後又趕快殺回家趕稿，
萬全的準備很重要，心存僥倖就要付出多出好幾倍的代價。

在公司…
好累喔，回家再繼續做好了！
啊！懶得拷貝檔案了，反正都在網路上！
在家裡…
先把資料給抓下來！
每次只要我沒拷貝檔案，回家網路就是壞掉的…
網路斷線！

雜事

每天早上到公司我都會說…
我今天一定要把專案做完！
喂！幫我打一份進度表！
喔…
要開會了！
結果我每天真正開始工作的時間都是下午六點…
做了8個小時的雜事…

我和同事下班的時候，常常會聊到今天都沒什麼進度，因為我們都是專案的負責人，但負責人比較像打雜的，雖然手上也有案子要做，往往一天八個小時的工作時間做的都不是自己的案子。像專案的資料往往都得先整理好給人，結果真正開始做自己的工作都是下班時，加班就成了常態。

鬼故事

一個在公司作了很久的老同事說…
晚上最好不要加班加太晚，公司有不乾淨的東西！
偏偏當天就加班加到很晚…
媽呀！我們部門現在只剩下我一個了…
我要下班了喔，這層只剩你一個喔，要注意十二點的時候電話會響喔…
什麼！真的有不乾淨的東西嗎？
是保全會打來問是不是還有人在啦！

Chapter Five
豬說寓言

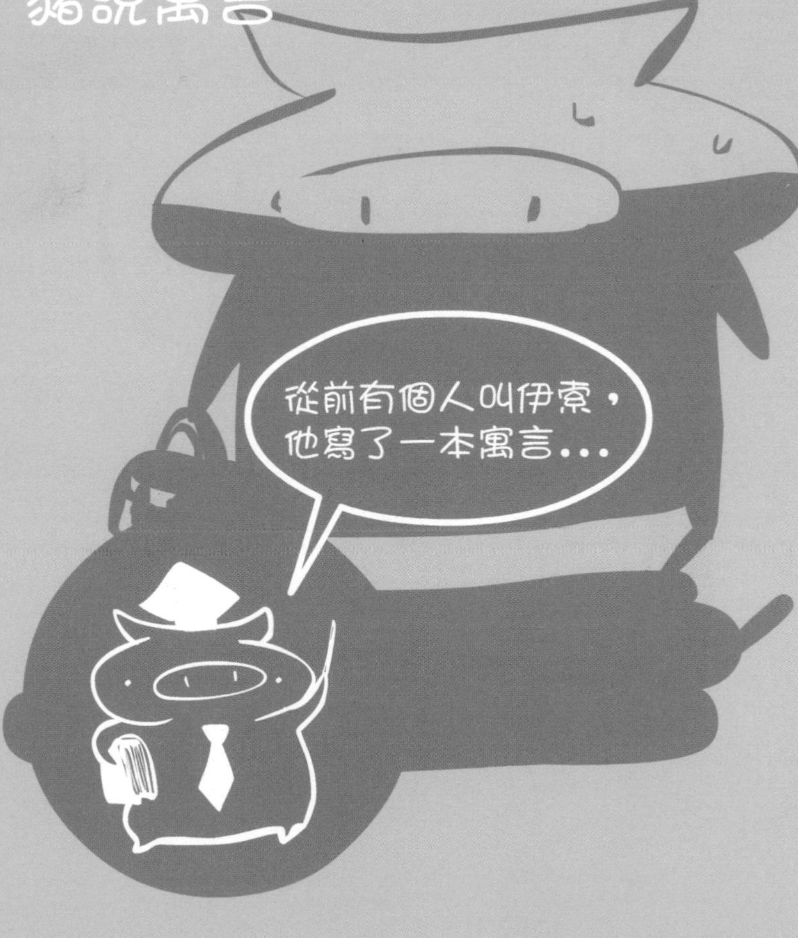
從前有個人叫伊索，
他寫了一本寓言...

Fable01
績效考核

在一個農莊裡有
一隻豬，擁有多
項技能…
咕
咕
咕
牠會一大早學公雞
叫主人起床…
牠會學貓去抓偷吃
起士的老鼠…
還好我不是那隻老鼠…
牠會學牧羊犬去
管理羊群…

其他動物問牠幹嘛這麼雞婆…

你們這些笨蛋！現在這個社會，沒有多項技能怎麼可以生存，況且我這些技能還有認證哦！

可是有一天，主人還是把豬抓起來，準備宰了牠…

豬不可置信的問…

我會這麼多技能，又幫你做那麼多事，為什麼你還是要殺了我？

主人淡淡地回答…

沒什麼，我只是想吃豬排！

績效在於老闆認為你該做什麼，而不是你會做什麼…

Free Talk

考績稱得上是辦公室中神奇的祕密。跟我大學時代演算法的成績一樣，我完全不知道評定的標準在哪裡……（我的作業和考試平均都有及格，最後居然只有60分，老師說他沒幫我加0.5分的話，我就要四修了。）當你每天加班加到翻天，覺得自己除了吃飯以外都沒有離開電腦，但是最後評定的考績卻比不上出一張嘴的專案負責人……這種悲慘的故事天天在辦公室裡上演，每到年終發放的時候更是幹聲四起，辦公室裡薪水是祕密，年終是祕密，考績也是祕密，但是這些不能說的祕密都跟我的荷包息息相關，我每天花十個小時在工作，但是我對自己的報酬卻一無所知，我想很多人都跟我一樣感到奇怪吧。

Fable02 老闆之錯，誰來擔

有一天主人對豬說…
今天晚上要開舞會，去準備一些餅乾吧！
於是肥豬就很努力地開始做餅乾…
你火開那麼小要烤到什麼時候啊？開大一點！
火開太大很容易烤焦的！
你的豬腦懂什麼啊！我說什麼你照做就對了！
結果餅乾真的烤焦了…

現在怎麼
辦才好？

那晚上改吃
豬排好了！

Mr.Pig

老闆永遠都沒錯，就算有錯也是你來承擔…

Free Talk

職場上有責任歸屬的問題，通常出了問題，最上面的一定會找個該負責的人，套軍隊裡常說的一句名言，「鐵鎚釘釘子，釘子釘木頭！」我們就是木頭，所以通常就是無言的犧牲者……

Fable03
實力好不如關係好

有個人養了一隻豬
跟一隻狗。

豬負責找蘑菇，
狗則負責打獵。

狗老是抓不到獵物。

但是卻非常會撒嬌。

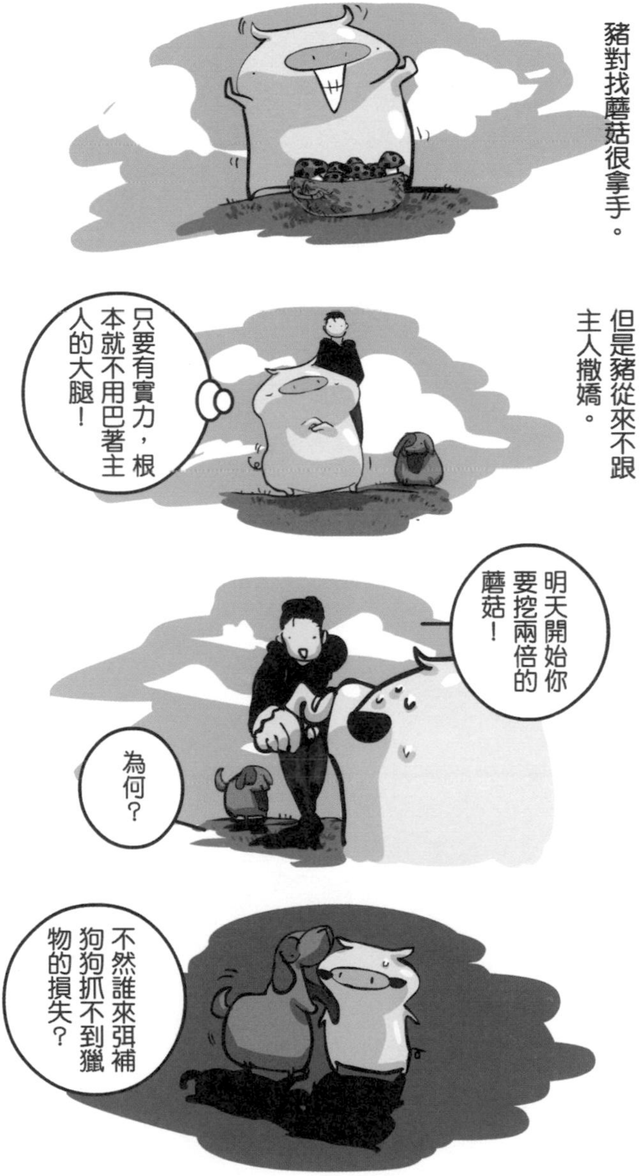
豬對找蘑菇很拿手。
但是豬從來不跟主人撒嬌。
只要有實力，根本就不用巴著主人的大腿！
明天開始你要挖兩倍的蘑菇！
為何？
不然誰來彌補狗狗抓不到獵物的損失？

能者多勞，勞者多死，實力好，不如關係好……

Free Talk

這篇講的是一個很神奇的職場文化，能力越強的人通常都要擔更重的責任，薪水卻不一定比較高。漫畫裡的狗狗指的就是哈巴狗，老闆也是人，總有自己的愛將，不是每隻哈巴狗都沒能力，有些人就是因為實力很強才會受老闆喜愛，只是當豬跟狗實力相當的時候，狗的出線機率就比較高了，不過老實說，我並不喜歡老是巴著老闆的大腿，覺得實力比較重要。不過呢……總有事與願違的時候，還是有很多要學習的地方。

Fable04
氣球

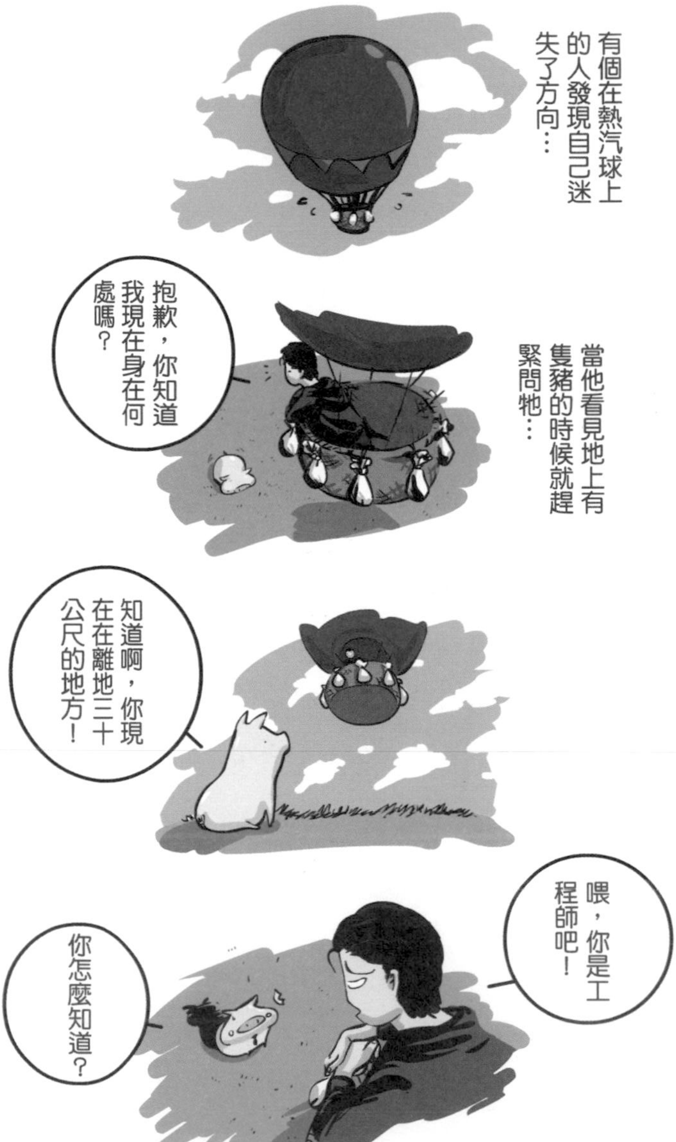
有個在熱汽球上的人發現自己迷失了方向…
當他看見地上有隻豬的時候就趕緊問牠…
抱歉，你知道我現在身在何處嗎？
知道啊，你現在在離地三十公尺的地方！
喂，你是工程師吧！
你怎麼知道？

因為你說的話在技術上來說是正確的，但是卻沒有任何用處！
你怎麼知道？
那你是公司主管吧！
你不知道身在何處，或要往哪裡去，但你卻期望我能幫你，現在你的處境沒變，你卻把錯推到我身上！

老闆也許不知道自己在幹嘛，但他永遠覺得你要替他負責一切！

Mr.Pig

Fable05 夏威夷螞蟻

這個故事發生在夏威夷…
螞蟻為了儲備冬天的糧食每天都很努力的工作…
蟋蟀則每天都開心的唱歌玩樂…
哼！你現在很開心，冬天來的時候你就死定了！

可是夏威夷沒有冬天⋯

於是所有的螞蟻都過勞死了⋯

人生得意需盡歡，別為了不知何時而來的冬天，犧牲了應該擁有的夏天！

Free Talk

我們就像螞蟻，每天努力工作只為了存夠退休的錢。當成就感跟夢想都褪色，工作的目的只剩下期待冬天的到來？有個故事說，一個商人在疲勞工作一年之後去海邊度假，他發現那邊的漁夫一天只釣一隻魚，生活過得很悠閒，商人問他為啥不多釣一些魚，漁夫說一條魚就夠我一天的生活啦！商人說，如果你多釣一些魚，多的魚就可以拿去賣，然後你可以賺很多錢，拿那些錢再拿去開一家工廠，可以生產魚罐頭，就可以賺更多的錢⋯⋯漁夫問：賺了很多錢之後呢？商人得意地說，你就可以跟我一樣到海邊來度假啦！

Fable06
洞

農場裡有個不知道是誰挖的大洞…

而有隻豬沒注意跌了進去…

牠在洞裡大聲呼救，但是沒有一隻動物要救牠…

可惡，我要靠我自己的力量爬出來！

喂！不幫忙就算了，幹嘛把我踢下來啊！
總要有個人承認洞是他挖的吧！

也許公司的制度一直也有問題，但是出了問題就是你的錯…

Free Talk

通常公司越大，表面上看起來體制越完整，但實際上身在其中的時候，就會發現因為牽扯的人力非常複雜，所以漏洞百出。我之前的公司並沒有新人訓練，所以新進員工就得面臨老鳥帶菜鳥的情況，然而工作一忙，新進員工得自己面對問題，卻往往引來更多的問題，可憐的菜鳥就得背責任了……有句話說「不打勤，不打懶，專打不長眼！」很適合形容這個情況。

Fable07
會吵的才有糖吃

有個農場養了兩隻豬…

白豬非常的認份，黑豬則很愛抱怨…

我才不要吃這個，這跟豬吃的一樣！

這樣的伙食我才不要吃！

主人為了養肥黑豬就換了比較好的伙食…

於是每當黑豬提出要求，主人就給黑豬更好的環境…
PET
主人決定要拿一隻豬當晚餐是…
我那麼乖，應該不是我吧！
等等！怎麼會是我！
我這麼聽話，為什麼要殺我不殺黑豬？

我花了這麼多心血在黑豬身上，怎麼捨得吃了牠！
……

會吵才有糖吃，乖乖做事永遠也沒福利……

Free Talk

加薪是所有上班族夢寐以求卻又難以啟齒的事情，我們內心總期待老闆可以從蛛絲馬跡中發現我們辛苦工作的證明，然後又良心發現給我們的工資太少，自動替我們的薪水加上一筆，但這個期待實在是天方夜譚……實際上我們連加班費都沒有了何來加薪呢？所以適度的表現自己的重要性是加薪的第一步，而我們要求加薪也一點都不過分，因為我們付出的往往超過得到的，乖乖做事不吵不鬧的下場就是被當笨蛋……

Fable08
什麼都不幹

有一隻豬看見小鳥在樹上整天無所事事，感覺很羨慕…
我也可以跟你一樣整天坐在那裏，什麼事也不幹嗎？
當然可以啊！
呼呼，這種動也不動的感覺真好！

哈哈！輕鬆鬆就抓到一隻豬，今天晚上可以吃豬排了！

職場中，要想坐在那裡什麼也不幹，你的位置必須非常非常地高…

Mr.Pig

寫在後面的東西

2007年，我剛辭去工作，在家中待業，那時候我沒有工作，存款也所剩無幾，但是卻是讓我相當懷念的一段日子，因為我正在創作人生中的第一本作品，也就是這本書。當時家人對我並不完全諒解，而我心中也充滿了相當多的疑惑與不安，不過我還是決定這麼做的原因，其實也很簡單，我想實現兒時的夢想，就是這樣一個單純的信念，讓我全心投入了創作的道路。

隔年Mr.Pig上市，獲得了還不錯的成績，不過收入依舊不足以讓我當全職的作者，但幸運的是我找到了一份穩定的工作，於是我開始了白天是上班族，晚上是漫畫家的雙重身份。就這樣陸陸續續地出了五本書，而沒想到過了五年之後，這本開啟創作之路的書又要再版了。
當年出書時，我對出版並不是這樣的熟悉，所以有個遺憾就是沒有好好地寫段感言，如今終於有機會將這些話放進書裡，其實回顧一路走來，每本書的創作我都很用心，但是第一本書真的是相當特別，即使當年因為生澀而犯下許多的錯誤，仍然無損它在我心中的價值。

這次改版，我參考了許多讀者給我的建議，當年出版時字太小的問題，現在已不復見，而我也特別收錄了我母親的故事「養豬少女」，我之所以會這麼喜歡豬，都是受到母親的影響，母親在我小時候常常講她養豬的故事給我聽，我也因此成了一個愛豬的人。

踏入商業出版轉眼也已經五年了，這五年我的畫技改變很多，編故事的手法也改變很多，但是我對畫漫畫的熱愛，與帶給每位讀者歡笑的堅持從一開始就未曾改變過。

Mr.Pig Blog:http://godpig.com/blog

特別收錄
養豬少女

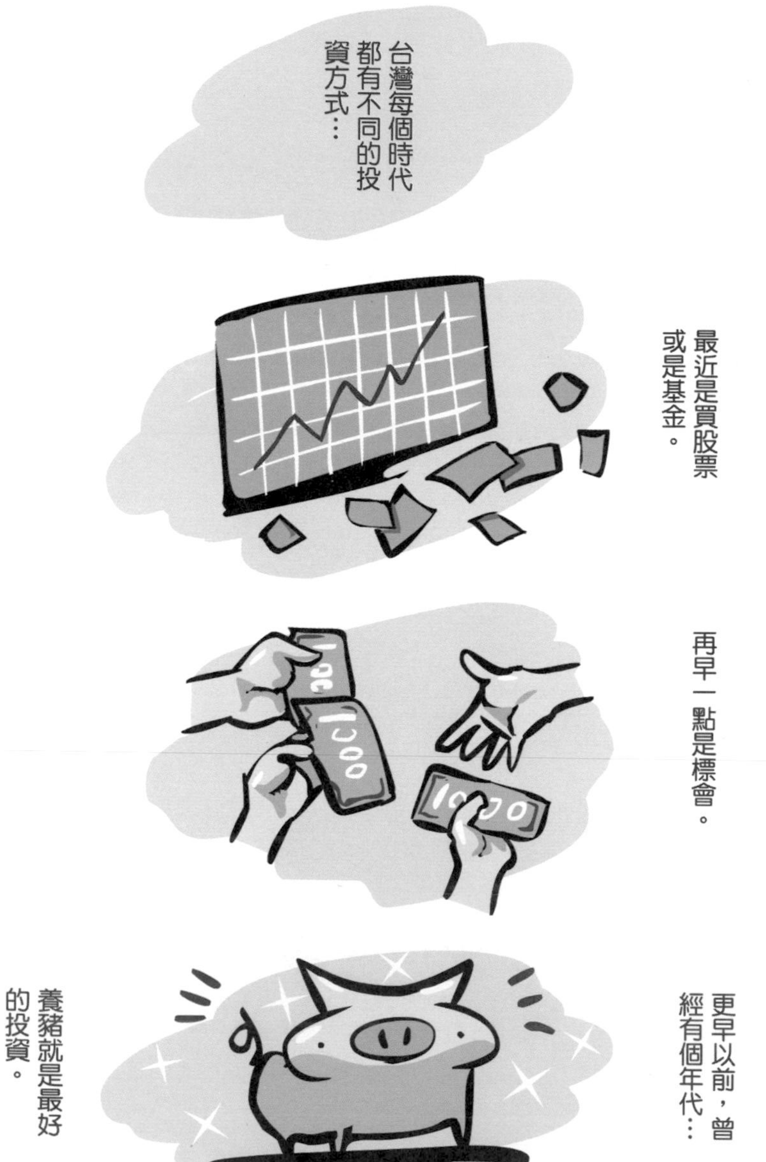
台灣每個時代都有不同的投資方式……
最近是買股票或是基金。
再早一點是標會。
更早以前，曾經有個年代……
養豬就是最好的投資。

這個故事發生在五十年前。

那個時代大部分的人都以務農維生，所以都會生很多小孩。

老媽就出生在這個年代，而她也是七個小孩中的老大。

從小就要幫忙家裡的事情也要照顧弟弟妹妹。

那個年代的台灣很貧困，只有過年過節才能吃到肉。

因此養豬成了一個投資，養育一年的肥豬，在過年的時候可以賣個好價錢。

有天外公就帶回來了兩頭豬仔。

而照顧牠們的責任，就落在最年長的老媽身上。

照顧豬仔不是件容易的事情。
我才餓咧！
我好餓喔！
在人都吃不飽的年代，還要想辦法把豬給餵飽。
於是老媽會上山撿野生的芭樂。
或去田裡偷挖農夫遺漏的地瓜。
各式各樣的方法都試過。
不過豬還是吃不飽，也長不大隻…
已經吃得比我還好了。
骨瘦如材

又要照顧弟妹，又要張羅豬仔的食物。
我的媽啊！
老媽實在分身乏術。
有天老媽找不到東西可以給豬仔吃，只好在家裡翻箱倒櫃。
有沒有東西可以吃啊！
這個罐子裡還有東西耶！不知道能不能吃？
很奇怪的觀念
算了，放在廚房的東西應該都能吃吧。
我好餓喔！

讓你們吃個飽吧！
結果第二天…
不會吧…
這下慘了…
兩隻豬仔動也不動的躺在豬圈裡。

那罐子裡到底裝了什麼啊？
豬仔死掉不僅會被痛扁一頓，最慘的是今年全家的希望就落空了。
現在該怎麼辦？
沒想到過了幾天…
兩隻豬仔居然都醒了過來。

而且突然就像吹氣球一樣地肥起來。

沒想到那罐東西這麼神奇！

多年之後老媽才知道那是酒糟，而豬仔當時是喝醉了，也因為酒糟很有營養，豬仔才會開始長肥。

豬肥了之後，柵欄就關不住牠！

常常肚子一餓就出來逛大街。

你好重喔！

而老媽總是費盡千辛萬苦才把豬給牽回去。

豬一天一天的肥，老媽也越來越習慣照顧牠們的生活。

不過該來的日子還是會來⋯

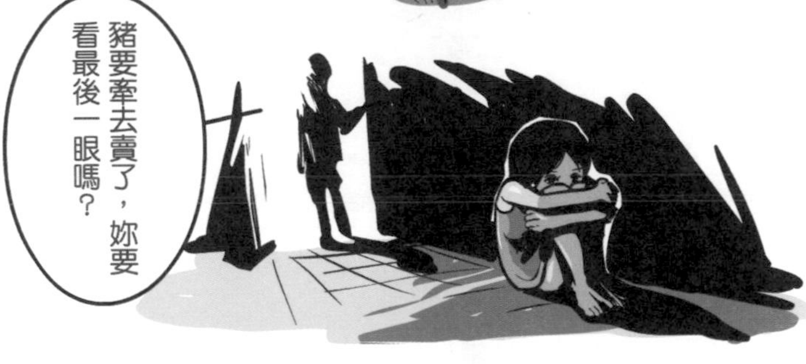
豬要牽去賣了，妳要看最後一眼嗎？

不用了！

那是老媽第一次也是最後一次養豬。

多年以後，每當老媽講起那段往事，我一直以為老媽很討厭豬。
豬真的很會吃！一桶都餵不飽。
直到有天老媽興沖沖地跑回家。
我帶你去看好東西。
原來在附近有人養了一頭豬。
ZZZ
你看！很肥吧！
這麼肥可以拿去賣了！
?
看見老媽開心的樣子，我才發現…

原來老媽很喜歡豬…
所以才會一直跟我說她養豬的故事。
台灣曾經有個年代，家家戶戶都在養豬。
而每隻豬都代表了一個小小的希望。
每個希望的背後都有段小故事…
有點悲傷、也有點溫暖。
The End

Mr.Pig 下班一條龍，上班一條豬

作　　者／ Mr.Pig

總 編 輯／ 賈俊國
副總編輯／ 蘇士尹
資深主編／ 劉佳玲
行銷企畫／ 張莉滎

發 行 人／ 何飛鵬
法律顧問／ 台英國際商務法律事務所　羅明通律師
出　　版／ 布克文化出版事業部
台北市中山區民生東路二段141號8樓
電話：02-2500-7008　傳真：02-2502-7676
Email：sbooker.service@cite.com.tw
發　　行／ 英屬蓋曼群島商家庭傳媒股份有限公司城邦分公司
台北市中山區民生東路二段141號2樓
書虫客服服務專線：02-25007718；25007719
24小時傳真專線：02-25001990；25001991
劃撥帳號：19863813；戶名：書虫股份有限公司
讀者服務信箱：service@readingclub.com.tw
香港發行所／ 城邦（香港）出版集團有限公司
香港灣仔駱克道193號東超商業中心1樓
電話：+86-2508-6231　傳真：+86-2578-9337
Email：hkcite@biznetvigator.com
馬新發行所／ 城邦（馬新）出版集團 Cité (M) Sdn. Bhd.
41, Jalan Radin Anum, Bandar Baru Sri Petaling,
57000 Kuala Lumpur, Malaysia
電話：+603-9057-8822　傳真：+603-9057-6622
Email：cite@cite.com.my
印　　刷／ 韋懋實業有限公司
初　　版／ 2012年（民101）7月
售　　價／ 220元

城邦讀書花園 www.cite.com.tw
布克文化 WWW.SBOOKER.COM.TW

布克文化

讓我們book在一起

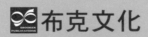

布克文化

讓我們book在一起

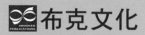